心の花園に一輪の花

——人としても美しく——

山内美恵子

22世紀アート

目次

美しい女性

庭の沙羅の花が咲くと、私の齢《とし》が一つ加わる。夏椿《つばき》ともいう白い五弁のこの花は、夏の太陽の下でもみずみずしく、清楚《そ》で気品のある花だ。花を眺めながら、私も人生の後半をそんな花のように歩むことができたら、と思わずにはいられない。

それまで子育てに追われていた私は、自分の年齢も人生の老後も、それほど深く考えることはなかった。

初夏の昼下がりであった。

電車に乗ると、向かい側の席に、白髪を品よくまとめた老夫婦が寄りそうように座っておられた。きちんと両膝を揃《そろ》えた老女は、時間をかけた化粧はもちろん、高価な衣服や宝石も、身につけてはいらっしゃらなかった。しかし、眼《め》元に微笑を絶やさず夫を労《いたわ》るさりげない仕草や、言葉《ことば》には気品が漂っていた。夫婦の静かな会話には、共に育て深めてきた人格と愛情が窺われる。

やがて二人は下車されたが、そのうしろ姿のなんと神々しかったことか。品位という言葉《ことば》がよく似合うご夫婦であった。

思わず私は、隣の幼い息子に耳うちしていた。

「素適なおじいちゃま、おばあちゃまね」

「お母さんも齢をとるほど、美しい人になってね」

間髪を入れずに息子が、小さな手を私の耳にあてて低い声で言った。

美しいものに敏感なのは、大人《おとな》よりも純粋な心を持つ子供《こども》の方かもしれない。そのとき、私ははっとさせられた。幼いころから息子は、「美しい人になってね」と、よく私に言った。美人のものさしからはほど遠い不器量な母親が、これ以上醜くなるのを哀《かな》しく思ったのであろう。

女性は生涯、何度かの美しさに恵まれる。そのままでも美しい満開の花咲く少女時代。初めての赤ちゃんを抱く幸福にみちた新婚時代。積み重ねてきた自信と年齢が光る熟年。優しさがまわりに灯《ひ》をともす老年——どの時代にも女性の自然の美しさが輝く。

しかし、それに劣らず美しいと思う女性たちが、私の周囲にはおられた。老若を問わず目標に向かって自らを耕し、多彩な才能を発揮している人たちである。

二十代の初め、「四十になったら、人に誇れるものを一つ持て」という言葉に出合った。十分時間があった。ささやかな目標を育む中で、私は多くの友人、知人に恵まれた。どの人もふくよかな心を持つ人たちであった。自らを生かし、確かな人生を生きてこられた人たちだけに、いつお会いしても心ときめくものを感じさせられた。人生から紡ぎだされた知的な会話は、いつも私を高めてくれた。いつのときも思慮深く、他人を思いやるさりげない優しさをも秘めていた。だが、自らの輝きや才能をひけらかされることはなかった。

本当に美しい女性というのは、このような人たちを言うのではないか、と思っている。彼女たちは皆、生きるに十分すぎる目標を持ち、自分の世界や生き方を持っておられた。絶えず努力を惜しまず、自らの心の花園にあふれるほどの花を咲かせていらした。その花からは、ふくいくたる香りが漂った。

決して美人な人たちばかりではない。が、そういう女性たちは、外見を超える内なる魂が輝きを放つのが共通であった。

そんな彼女たちの前では、お金にまかせて飾りたてた衣服も、高価な宝石も、より美し

く と誇示した化粧も色褪《あ》せて見えた。単なる高価さを誇示したそれらからは、知性や品位が香らないからである。

しかし私たちは、ともすれば女性の美しさを、顔の美醜や容姿などの外見に物差しをあてがちである。本当は外見ではなく、内なるものにこそ、それはあてるべきではないだろうか。

女性を美しくするのは、その人の生き方にほかならない。その人が何を求め、どのように生きているか、女性の美しさと生き方とは決して無縁ではないからだ。

ある友人が、しみじみと語った。友人には、一生お金に不自由せず人もうらやむ家に住み、買い物三昧に明け暮れ、高価な衣類や宝石を身につけ、優雅な日々を送る友人がいた。時々その人に会うと、彼女はため息ばかりつくのだという。何もすることがなく、一日どう過ごしたらよいのかわからないと。外見は美しく見えたが、生彩がなく孤独感さえ漂っていたというのである。

一方、別の友人は、慎ましい生活の中で老いた夫の両親の世話に追われながらも、趣味を持ち充実感で輝くような日々を送っているという。その友人のほうが、かえって美しく見えた――と。

人間は心の充足感なしには生きられない。例え人が羨《うらや》む栄華に恵まれても、充足感のない人には、どこか空虚感や孤独感が漂う。目標のない人生ほど哀《かな》しいものはないからだ。人はさまざまな運命を与えられ、人生を生きる。どんな位置におかれようとも、自らを精いっぱい生かしきった人は実に美しい。人生から紡ぎだしたその美しさこそ、本物の美しさだからである。

しかし今日の物の豊かさは、若い女性の自然の美しさを失わせて久しい。高価なブランド品をみせびらかし、男性顔負けの言葉を使い、人前で化粧をする。そういう光景も珍らしくもないものとなった。

慎しみという、日本古来の女性の美しさは、いったい、どこへ行ってしまったのだろうか。

足るを知る明治の母や梅一輪

（「私の考える大人の女の美しさ」受賞作・昭和五十八年五月）

生命の輝き

その日は、めずらしく春の陽《ひ》のまぶしい穏やかな日だった。午後、干していた布団の最後の一枚を入れようとしたとき、突然下腹に鈍痛を覚えた。と同時に、温かいものが体外に流れ出たのである。

それは、結婚し五年目《め》にして、やっと授かった小さな生命だった。私はその場にうずくまったまま、朦朧《もうろう》とする意識の中で一昼夜を過ごした。もちろん、電話の場所まで這《は》っていくことも不可能なまま――。

夫は、ちょうど泊まり勤務であった。

長い灰色の朝をむかえた。だが、お腹《なか》の中の小さな生命は助からないだろう、と私は覚悟した。

夫の帰宅と共に病院に急ぐ。予想したとおり、医師は夫を呼び、きびしい表情で、

「もうだめです。すぐに手術をします」

と、毅然《きぜん》と告げた。

しかし夜まで待っても、私の手術は行われることはなかった。その日は新しい生命の誕生が多く、私のような者にまで手が回らなかったのである。

私は誰《だれ》からも声をかけられることもなく、ただ悲しみの中で静かにベッドに横たわっていた。私はひたすら祈った。

やがて、それは思わぬ奇跡をもたらす。お腹《なか》の中の小さな生命をよみがえらせたのである。その夜、出血が止まり、小さな生命は刻一刻と輝かしい日に向かって歩みはじめたのだった。

私は再び祈った。無事な誕生と生命の輝きを――。そしてその日のために、小さな生命を慈しみ安静の日々を過ごした。しかし、その危機は再び誕生する瞬間にもやってきたのである。医師は言った。

「このままでは母子ともに危険です。どちらか一方を助けることになります。どちらを助けましょうか」

「両方助けてください、お願いします！」

夫は必死で哀願した。医師は、その保証はできないと言いながらも、夜中の十一時、手術は開始された。おかげで、私たちは両方とも無事に助けられたのである。

その感動の一瞬を、私は今も決して忘れることはない。

それは、これまでのすべてがうそのように、私たち家族に光を与え、希望となって輝きはじめた。だが、それも束《つか》の間であった。息子は生まれても、幾度となく生と死のとなり合わせの中で生きることを余儀なくされた。

たびたび高熱に悩まされ、四十度の熱は一週間は下がらないのが常であった。また、一度病気にかかると、必ず重症にならなければ治ることはなかった。そのたびに紹介状を手に、西へ東へと病院の門をどれほどくぐってきたことか。そのうえ、幼稚園に上がるのを待って、二回の手術が行われた。ほうっておくとガンになる、と言われたからである。

小さな体に刻まれた二本の手術のあとを見るたびに、私は胸がつぶれた。

寒暖計よりも敏感な息子の体は、小学校に上がっても病苦とのたたかいであった。そんな息子に、母親の私がしてやれることは限られていた。

代わってやることのできないもどかしさの中で、どんなにしても自らの手で丈夫《じょうぶ》な子に育てなければ、と必死だった。とりわけ体が弱いからといって、その心まで貧しく、弱くしてはならないと。その不運を嘆くのではなく、それを切りぬける強さを育くまなければならない、と考えたのである。

そのためにも、息子に百パーセント手を貸したいときも、必ずいくらかの余白を残した。自分の体と力で生きる努力をさせたかったからだ。幸い、息子は持ち前の旺盛な好奇心と素直さで、体力づくりから食事まで頑張《がんば》り通した。

やがて、その努力は少しずつ実を結び、次第に病院へ行く回数を減らしていった。

私は息子が十歳になったのを機会に、これまで共に流してきた涙と、どんな苦しみにも耐え、困難にも負けることのなかったあふれる息子の生命の輝きを、一行でも書きとめておこう、と心に決めた。それは、息子の成長記録でもあり、病弱な子に産んだ母親としての償いでもあった。

稚拙な一冊の成長記録は、息子の希望で「輝き」とつけられた。これまでは病気ばかりして心配をかけてきたが、これからはそのいのちを輝かせたいのだと言う。それを繰りながら、「今度はお母さんの『輝き』を、ぼくが書く番だね」と、無邪気な笑顔で言った。

それは、夢にも思ってみなかった言葉だった。小五の秋、私のお母さんという作文コンクールに、息子は私への約束を果たすかのように応募したのである。次の年の正月、準日本一の入選通知をいただいた。

賞状をもらう息子の凛《りん》とした後ろ姿を見ながら私は、「お母さんは苦労しますね」と、病気のたびに言われた医師の言葉を思い出していた。だが、それはやがて、失ったものよりはるかに多くの喜びとなってかえってきたのだった。この喜びこそ、神さまがお与えくださった贈り物にほかならない、と私は胸を熱くする。

祈る思いで育てた息子も次第に元気になると、長い間私にしてもらったことを、今度は私にしてくれるようになっていった。あるとき、私が病気になると、「ぐあいはどうですか」と、学校から電話をくれ、私を驚かせた。その心遣いがいたましかった。数多《あま》の困難と病苦は、息子に優しさと生きる強さを育み、人の痛みを瞬間的に考えられる人間に成長させたのだった。

高校生になった息子は、既に私の体を追いこし、軍手のような手で私の肩をもみ、ピアノを弾く。その逞《たくま》しい手と厚い胸のなんとまぶしいことか。
そんな息子を見上げながら、私は十五年前の運命の日を思い、追い越された幸せをしみじみ思う。子どもが親をのりこえる、このあたりまえのことさえ、私にとってはまぶしいできごとにほかならない。また、幾多の困難をのり越えてきた、息子の生命の輝きこそ、わが家のかけがえのない宝なのである。

四温光受賞の子の肩凛と張る

（「ＰＨＰ」昭和六十一年六月号）
（創育「私たちの生き方」中二用掲載）
（学研「中学私たちの道徳」中三年用掲載）

「心を耕す」根

仕事を離れてすでに久しい。時間に束縛されない日々は、ともすると周囲に流されやすく、自らを甘やかすことが多い。怠惰な心が頭をもたげそうになると、必ずまぶたに浮かべる人たちがいる。

かつて仕事をしていたとき、私を育ててくださった人たちである。

学校を卒業すると私は、それまで全く耳にしたこともなかった仕事に就いた。在学中、家政科の同期生のほとんどが受験する場所に私もついて行った。そこは、生活改良普及員の国家試験の会場であった。再び、県の採用試験を受けに行った。もちろん両方とも、合格などできるはずもない。単なる記念受験にすぎなかった。

ところが、どうしたことか、全く勉強もしなかった私に、合格通知と採用通知が届いたのである。だれかの間違いではないかと驚き、狼狽《ろうばい》した。既に、私には内定していた所があった。思わぬ展開に迷っていると、

「せっかく身分の安定している公務員なのに、もったいない」

と、周囲や同期生がかまびすしい。とうとうその声に押され、私は急きょ、その仕事を選んだ。同時に採用されたもう一人の同期生と共に――。

耳なれない仕事とはいえ、生活と密着したそれは、教職よりも興味深いものがあった。大人《おとな》相手の仕事だけに、自分を育てるのに、実に好都合だったからである。

一ケ月間、県庁で研修が行われた。十人の新人は、それぞれの専門の技術者から、指導員としての自覚や、衣、食、住などの知識や技術を教わった。終わると現地でさらに一ケ月間の実地研修があり、先輩の指導員から細かい指導方法を学ぶ。教師のようにカリキュラムもなかった。だが、やり甲斐《がい》のある仕事のように思え、教わる一つ一つが新鮮であった。

配属された所は、自宅からそれほど遠くなかった。それは、同期生の誰《だれ》よりも恵まれていた。三町村が私の受け持ち区域であった。男子の指導員は数人いたが、女子は私一人という心細さであった。

二十数年前の地方は、今日のようにまだ近代化された暮らしとはいえず、食生活一つとっても問題が山積みされていた。地方だけにことのほか封建的で、その意識も根強かった。改善しようにも、その壁は途方もなく厚かった。しかしそれを少しでも改め、住みやすい町や村づくりをするのが、私に課せられた仕事であった。

社会に出たばかりの、小娘にとって、それは途方もなく大きく重い仕事だった。どこを向いても、相手は家庭生活や人生の大ベテランで、母親のような大先輩ばかりである。私は指導にあたるどころか、それらの人たちから教えられることの方が多かった。

右も左もわからないながらも、私は食生活の向上や改善のために奔走した。栄養知識を兼ねた料理の講習会をよく開いた。

そんな中で、一組の主婦たちのグループに出会った。十人ほどの主婦たちであったが、地域の古い型を破り、生活の質を向上させるために限りない活動を続けていた。忙しい合間を縫いながら、よく勉強していた。農作業や家事で疲れた体にむちを打ちながら、彼女たちは集会所の薄暗い電灯の下で鉛筆を握《にぎ》った。

衣食住の学習はもちろん、読書や作文など、その学びの幅は広かった。試行錯誤しながら、どの主婦もひたむきで懸命であった。学習したことは、どんなに小さくても実生活に生かすことを忘れなかった。

彼女たちの見事な行動力と、自らを高めようとする純粋な姿に、私の心は燃えた。

都会の主婦と異なり、彼女たちには昼間の過酷ともいえる農作業があった。当時は家事もそれらも今日のように機械に頼ることはなかった。集まりは、ほとんどが夜である。昼間は田畑を耕し、夜は心を耕すそれは、いま考えても大変なことであった。

勤務を終えると、私は彼女たちのもとにスクーターで走った。共に学びながら、私は彼女たちから人生を学ぶ。とりわけ心を耕すことの意味と、生きることの美しさを教えられたのである。

常に一歩踏みだそうとするその姿を、尊敬せずにはいられなかった。飾ることのない素朴さとひたむきさが、私は何よりも好きだった。深く刻まれたしわさえも輝いて見えた。

彼女たちの活動は、次第に多くの人の目に止まるようになった。と同時に、私が赴任し発足した、いくつかの生活改善グループの模範でもあった。やがて、彼女たちの活躍は県の目にとまり、表彰された。

「実るほど頭をたれる稲穂かな」の稲穂からとったというその名称は、彼女たちにいかにもふさわしかった。それに比べて私は、あまりにも未熟な指導員であったが、彼女たちの晴れ姿をまぶしく見つめ、共によろこんだ。それは、私の人生の最初のプレゼントとして受け止めた。

間もなく私は転勤と結婚が重なり、退職を余儀なくされる。しかし、彼女たちのもとを離れても、そのかかわりは途切れることはなかった。

「齢《とし》をとりましたが、家族がとても大切にしてくれます」

そう語る彼女たちの額に刻まれた深いしわは、ますます輝きを増していった。

聡明な彼女たちは、老いたら一歩あとにひくことをよく知っていた。大切にされるのも当然と、うなずける。

人生の出発点で、彼女たちのように熱い志を持った人たちに出会えたことを、私はとても幸せに思っている。

私はまだ、彼女たちのような人さまに語れる人生を持ち合せてはいない。けれども、一歩でも近づくよう、心を耕すのを怠ってはならないと自分に言い聞かせている。

キリスト教の指導者・内村鑑三は言う。「心は神が万人に賜うた最大の賜物であり、大いなる財産、無人の宝庫なり」

その心を耕すのが修養であると。

あくがるる師はみな鬼籍余花の雨

（「いろり火」昭和六十一年一月）

危機を救う信頼と愛

教育の荒廃が叫ばれている。

今日ほど青少年の行動に多くの人が、深い関心を持った時はない。それは、非行、暴力、不登校、自殺など子どもたちが、深刻な危機にさらされているからであろう。

それらの問題行動が報じられるたびに、教育現場が問われ、家庭が問われて久しい。最近は、「子どもの病気や異常は、母親の育て方にこそ問題がある」という、母原病説を唱える医師さえ現れた。しかし、母親や教師のみが問われるだけでは、この問題は決して解決はしない。というのは、現代の子どもたちのおかれている状況が、昔とはあまりにも異なり、本来の子どもの姿を抑制する条件が、至るところに氾濫《はんらん》しているからである。

幼いころから空間的にも時間的にも制約を受け、学校では偏差値競争を強いられ、家庭では過干渉と過剰な期待が待つ。このような状況の下では、子どもたちのエネルギーは抑圧され、さまざまな問題行動が起きるのも無理はない。

むしろ、そのような子どもたちこそ、今日の社会のゆがみを背負った犠牲者といえよう。

職場と住まいが離れ、物をつくる必要のなくなった今日の暮らしは、子どもたちが体験から学ぶことを遠ざけてしまった。家の中はスイッチ一つで動く電化製品があふれ、体も心も使うことなく豊かで便利な生活が可能となる。かつて、すべてが手作りの時代には、汗して働く家族の姿があり、どんなに小さな子どもでも家族の一員としての役割が与えられていた。子どもたちはその使命感の中で、働くことの意味を知り、自らの命を守る知恵を学んだのである。また、何世代もの家族との同居から、人とのかかわり方や相手を思いやる心、自律心、忍耐力などを自然に身につけてきたのである。親のうしろ姿からは、生き方をはじめ、親への敬愛や感謝など、人間として大切なものを学んだ。

しかし、お金さえだせば何でも手に入る今日の既成品文化は、家族で一つのものを育て完成させる共感や、感動を失わせて久しい。それは、親と子の絆《きずな》を弱め、育ちゆく子どもたちの心情をも貧しくしてしまった。

高度経済成長以来、私たちは物質的豊かさこそ、より幸福をもたらすものだという錯覚をおこし、それを子どもたちに与え続けてきたのである。母親の姿も外で働く母親へと大きく変わり、食生活さえも外食産業に頼る。その結果、子どもたちの体格は著しく向上しても、それに伴う心がついていけず、悲鳴をあげている子どもたちの何と多いことか。

豊かさと便利さにあふれた今日の暮らしは、それと引きかえに失ったものは実に大きいものがある。特に子どもたちの心をもろくし、忍耐力や自律心を失わせた。

そのような弱く詭《もろ》い子どもたちを、何とか逞しくしようと、大人たちはさまざまな試みをする。先日の戸塚ヨット事件は、そんな私たちに思わぬ問題を投げかけた。

多額のお金を払ってスクールに預けた結果の何と心寒く哀れなものであったことか。心を無視したスパルタ教育は、一歩誤るとたいへんな危険を伴うからである。

このように本人の心を無視し、親がよかれと思ってした過剰な期待は、逆の結果を生みかねない。親や教師が欲ばれば欲ばるほど、それは子どもを押しつぶしかねないからだ。

子どもへの愛情こそ、親の自分勝手なものではなく、子どもを生かすものだからである。めまぐるしい社会の変化の中で苦悩し、立ちすくむ子どもたちは年々増えるばかりである。私たちはそのような子どもたちの弱さを責めるのではなく、認め受け入れる親や教師でありたい。救いの手をさしのべられるのは、教師や親にほかならないからである。

親や教師が子に添い、慈しみの眼差《まなざ》しを心から注ぐとき、子どもは必ず心を開くだろう。大人が謙虚に子どもの目の高さに立ったとき、はじめて子どもの心が見えてくる。

どんな子も皆、かけがえのない子どもである。さまざまな可能性を秘めている。それらを子ども自らが最大限に発揮できるよう、見守ることのできる心のゆとりを持ちたい。例え暴力でしか、自らを表現できない子であっても、信じて待つことのできる親でありたい。

弱い子どもほど、親や教師から見放されるのを恐れる。教師や親に温かく見守られているという安心感や信頼感は、子どもに希望を与え、やがて奮起させる力にもなるからだ。

子どもの成長にとって大切なのは、何かをしてやるのではなく、信頼し信頼される一体感である。子ども自ら見つけた生き方に、どれだけ信頼の眼差しを注ぎ、安心感を与えることができるか、ではないだろうか。例え失敗だらけの人生であっても、あるがままの姿を語れる親でありたい。子どもたちの魂に響くであろう一言は、どんな大量の知識よりも深く重いからである。「父と母との美しい思い出を持っている子は、例え罪を犯すことがあっても、立ちなおることができる」という。

大人たちの、信頼と温かい眼差しの安らぎの中で、やがて子どもたちは自分がかけがえのない存在であることを知り、自らを生かす道を必ず探りあて力を発揮するであろう。苦しいとき、愛をもって添い見守ってくれた日々にやがて気づき、感謝するにちがいない。その日のくるのを、大人たちは信じて待ちたい。

少年の反抗続かず青かまきり

（「暮らしの新聞」昭和五十八年八月）

ファッションショー

ひょんなことから、ファッションショーに招待された。

華やかなそれは、私のようなものには全く縁がない所だと思っていた。招待状を手にしたものの、しばらく迷う。

半年前、「大人の女の美しさ」という題で小論文の募集があった。運よく入選した。が、ファッションショーの中で授賞式を行うという。当日の洋服のことなど考えると、手放しで喜ぶわけにはいかなかった。

友人や家族のすすめもあって、めったにない機会なので、やはり出席することにした。

これまで私は、社会の片隅に生きながらも、いろいろな方に出会ってきた。いぶし銀のように輝きを放つ、幾人かの素敵《すてき》な友人知人たちに恵まれる。それらの人たちにお会いしているうちに、女性の美しさと生き方は決して無縁ではないことに気づいた。

老若を問わず、目標に向かって自らを耕し何かを育ててきた人からは、外見以上に内なる魂の輝きが感じられた。例えどんなに小さくとも自分の世界を持ち、生きるに十分すぎるものを持っている女性たちには、人をはっとさせるような、心に触れずにおかない香るものがあった。

そういう人たちとの会話は楽しい。何よりも内容が上質故心が豊かになり、いくら話しても学びが尽きることがなかった。女性としてよりも、人間としても見事に生きていて、実に魅力的な人たちだからである。

お会いしながら、女性の本当の美しさは、外見の美醜ではなく、このような魂の輝きこそが本ものではないか。それこそが評価されるべきである、と思うようになった。

その人が何を求め、どう生きてきたか、それは、その人の生き方にこそかかってこよう。それを、さりげなくまとめたものだった。

私は母親の栄養状態の悪さも手伝い、助産婦の手を煩《わずらわ》す前に未熟児同然で産まれた。そんな私を、母は自分の責任かのように責めた。私は、生涯さまざまな病気と縁が切れず、人一倍貧弱な体であった。それでも運命を悲しんだり、母を責めたりしたことは一度もなかった。

私よりもっと恵まれない人がいるではないか、私にはちゃんと手と足があり、かゆい所にも手が届くではないか、と考えた。むしろそれを自分を育てる肥やしにし、内なるものを磨けばいい、とさえ考えてきた。

そうは思いながらも、やはり人の集まる所は苦手であった。ましてや、ファッションショーなどの、華やかな世界はなおのことである。

真夏の太陽が照りつけていた。

汗をふきつつ重い足をひきずり、赤坂の会場に急ぐ。何度もいろいろな受賞式に出席する機会があったが、今回のように噴きあげるもののないそれは、はじめてであった。

会場の扉を押す。私の目に飛び込んできたのは、想像していたのとは全く異なる光景だった。

うす明かりの中で、モデルたちが黙々と命じられるままに動いていた。時折、マイクを通してやりなおしの尖った声が場内に流れた。そのたびに、モデルたちは険しい表情で再び歩く。それは何度も何度も繰り返された。

目をこらすと、モデルたちは素顔であった。動くたびに髪を巻いたカラーが揺れる。髪をセット中なのだ。その光景をつぶさに眺めつつ、私の重い心は消えていった。

一見華やかに見えるこの世界も、一歩のぞくとこのような、血のにじむ努力がいることを知ったからだ。肩の力が抜けていった。指定された最前列で、静かに幕が上がるのを待った――。

やがてライトを浴びながら、一人のモデルが登場した。次々と同じ服を着たモデルたちがあとに続く。どのモデルも日本人離れした長身で、小さな顔だ。カモシカのような脚《あし》で特有のポーズをとり、歩く。

その表情は、練習のときのあの険しさはなく、自信にみちた美しい笑顔であった。洋服以上に、それは輝いて見えた。

少し間があって、一見、素人らしい中年の女性が登場した。マイクで主婦であると紹介されると、会場から一斉《いっせい》に拍手が湧いた。それは、逆にモデル以上に初々しく、新鮮で好感をよんだ。洋服の色彩もデザインも、モデルたちのような、私たちの日常からかけ離れたものではなく、実に身近さを感じさせるものであった。

身をのりだしつつ、二時間余のショーを楽しんだ。やはり、出席してよかった、と胸をなで下ろす。

受賞式はショーの合間に行われた。

これまでいただいたこともない、横書きのモダンな美しい賞状だった。ショーでいくらか緊張がほぐれたせいか、思ったより肩がこらなかった。

ファッションショーに招待されて以来、それまであまり関心のなかった女性の装いに、自然と目がいくようになった。最近はブルゾンやパンツルックのファッションが流行のようだ。男性のようにネクタイをつけた女性も多い。逆に女性らしさを強調しているのだろうか。

ミニスカートが流行したかと思うと、今度はパンツルックである。女性の流行はめまぐるしく変化する。だが、私はほとんどそれらに惑されることはない。

機能的で、さりげなく女性らしさと品性が漂い、新鮮さを感じさせるもの、そんな洋服が好きだからである。

少女らの男ことばや花ゆるぶ

（「いろり火」昭和六十年一月）

床の間の本

もの心つくころから、三度の食事より本が好きだった。家のいたる所に誰かが読んだ本や、読みかけの本が転がっていた。

学校に上がると図書館で借りた本は、家に着く前に読んでしまった。その場で読むか、下校時に読みながら帰るのだ。中学時代は教室の隅の担任教師の本箱に目がいき、今度貸していただく本を品定めしていた。国内の長編小説や詩集などを読み、古典にも眼《め》をひらきはじめる。

高校時代もあまり勉強せず、本ばかり読んでいた。外国の長編小説を夢中で読み尽くす。その他、難しい哲学の本や聖書を読む。いちばん読んだのが、この時代であった。学校や町の図書館から借り、夏休みは特に楽しみだった。

郷里の家には、片田舎には珍しく本がたくさんあった。養子にくるとき持参した祖父の本や、教職にあった亡き叔父の本が、大切に床の間のガラスの本箱に収められていた。その手前には三振の刀がうやうやしく飾られていた。横には骨董品めいたものが置かれていた。

その場所は、足を上げるのさえ禁じられていて、近よりがたい所であった。この不思議で実に奇妙なとり合わせの一間ほどの床の間を、幼いころから近くを通るときは、息をつめて通った。おそらく、刀が怖かったのかもしれない。

次第に本への好奇心が旺盛になると、刀の後ろにある、ガラスの本箱が気になって仕方がなかった。一度、その本をのぞいてみたくて、私は常にその機会を窺っていた。

真夏の昼下がり、ついにその機会は訪れた。

家族が留守になると、足音を忍ばせ、とうとう本箱の扉を開いた。素早く本の背表紙を左から右へと視線を移す。そして、本の間に手を入れ、何冊かの本を繰った。

本は一冊一冊和紙で表紙がつけられていた。文政時代の骨董品のような、儒教や教育関係の本が多かった。読めそうな本を必死でさがす。心臓が激しく音をたてていた。全身から汗が噴きだしてくるのがわかった。

急げば急ぐほど、心臓の鼓動が大きくうねる。やっと、聖書を抜きとった。それを抱え、走るようにして二階の自室に入った。不安と安堵《ど》の入りまじった体を投げだすと、どっと汗が流れた。

突然、階下で人の気配がした。

遊びに行っていた妹が帰ってきたのだ。が、すぐに熱気をかき回すかのように、下駄《た》を鳴らして駆けていった。胸をなでおろし、台所で汗ばむ顔にざぶざぶ水をかけた。すると、大きくうねっていた動悸が静まった。とても晴れやかな気分だった。

一度味をしめた私は、読めそうな本を一冊、また一冊と抜いては読んだ。それらの本は、丁寧な表紙のおかげで、百年近くたっても汚れていなかった。ほとんどの本に、仮名がふってあった。

郷里を離れて久しい。帰省し床の間の前を通るときは、少女のころのスリルにみちた光景を思い出し、一人苦笑する。

本の醍醐《だいご》味を早くから知ってしまった私は、大人になっても本がないと落ち着かない。そんな私を母が、

「この子は、本を読む以外になんのとり得もない子です。それに本より重いものを持ったことがありませんが、それでもよろしいでしょうか?」

と、夫との見合いの席で告げた。親はよく見ているものだ。床の間の本のことも案外知っていたのかもしれない。

結婚しても、これで大手をふって本が読める、と期待の胸を弾ませた。しかし、いざ結婚してみると、夫の前で本を開くことはためらわれた。それに読みたい本のすべてを、家計費からまかなうことなどとても不可能であった。仕方がないので、図書館の本を借りて読むことにした。

他人の手あかにまみれた本を手にするのは、かなり抵抗があった。それでも慣れてしまうと気にならなくなる。数多の中から一冊をさがしだす時は、少女のころの床の間の本をさがすのにどこか似ていた。

素人にしては本を読む方なのか、どうしてそんなに読むのかと、よくきかれる。「今度はこの本の続きが入りましたよ」などと、やさしく声をかけてくれる係員もいる。まだ誰も読んでいない新刊書を何冊も借りることができたときは、思わず頰《ほお》がゆるんでしまう。

一ケ月三十冊借りたとしても、年間にするとたいへんな金額になる。本を置く場所がいらないのが、いちばん有り難い。今では図書館に足を向けては寝られない。

時間貧乏の私は、十分な読書の時間がとれないのが悩みの種だ。昼間は、必要な本は別としてほとんどとれない。就寝前の二、三時間が私の唯一の時間である。すぐに午前二時、三時になってしまう。いつも睡眠不足である。

それでもやめられないのは、時々、上質の良書に出合うからである。そんな本は何度でも読む。返却するのさえ惜しまれ、再び借りてしまう。自分の手元におくため本屋に走る。五百冊、千冊、二千冊の節目などには、自分へのごほうびに何冊か買う。そのときだけは、決して財布の中味は念頭にない。

私の、唯一のぜいたく品だからである。

私には、誇るべき生涯の師が幾人かおられる。皆、本を通しての邂逅《かいこう》であった。大きな知恵の輪に包まれた幸せを感謝せずにはいられない。読書のおかげである。その原点はどうやら、床の間の本にあるらしい。

祖父の本並べて春風優しかり

（「いろり火」昭和六十三年一月）

豊かさの中の貧しさ

花冷えの夕刻であった。外から帰ると、使用した覚えのない、アイロンが出されていた。不審に思い、間もなく帰ってきた息子に尋ねると、

「ピアノのお月謝の日だったの、袋にお金が入っていなかったので、ぼくのお小遣いを入れていこうと思ったの。でも、あまりきれいなお札ではなかったので、アイロンをかけていったの」

と、目元《もと》をゆるませながら答えた。

私はこれまで、一度もそれらしきことを息子に教えた覚えはなかった。どこで教わったのかと、再び尋ねた。

「いつかね、お母さんがそうしているのを見たことがあったので、そうするものだとぼくも思ったの」

肩をすくめ、いたずらっぽく笑う。

小学校に入学して間もないころであった。

私も親から教わった覚えはない。おけいこに通う姉や母が、そうしているのを見て育っただけである。

私の郷里会津は、江戸時代からの藩校である「日新館」の教育に、師弟の教育をとり入れたほど、礼儀作法やしつけには厳しいものがあった。「ならぬことはならぬ」という有名な言葉がある。それはまた、長い歴史の中で会津人の気質を育み、家庭のしつけとしても生き続けてきた。白虎隊の少年たちの勇敢な行動も、そうした日新館教育が土台にあったのである。

私は、父の前で立ったまま話すことさえ許されなかった。ましてや、おけいこに通う姉たちが礼儀を失わないようお月謝のお札にアイロンを当てるのは、教わる側の当然のたしなみであった。

しかし物が豊かになり、核家族化した今日の暮らしは、そうしたたしなみや、しつけなどを著しく低下させてしまう。総理府の世論調査でも、しつけなどの家庭教育について、六三パーセントの人が「低下している」と答えている。

特に女の子が変わった、という声をよく耳にする。最近の少女たちの大人顔負けの非行には、目を覆うものがあるからだ。少年たちの引きおこす悲しい事件もあとをたたない。不登校の子が年々増え、いじめ、自殺、学級崩壊など、さまざまな問題行動が社会問題になっている。

子どもたちの心に、大人の目には見えない変容が進んで久しい。そうした子どもたちの、昔では考えられないぜいたくな悲劇は、高度経済成長のひずみや、家庭教育の貧困さと全く無関係ではない。

私たちはかつて、「一粒の米も粗末にしてはならない」と、教えられてきた。また現代っ子には死語となった「もったいない」は、私の育った時代は日常語であった。

それらは単に、物を慈しむだけではなく、子どもたちへの心の教育ではなかったか、と思われる。それらを通して大人たちは、何が尊いか、何が美しいかを身につけさせてきた。また、人、物、事と調和し共存共生する中で「生かされている」ことへの感謝の心をごく自然に、体で覚えさせてきたのである。

そうした大人たちみんなが配慮した子育ての中で子どもたちは、まず生きる知恵と人の痛みを知った。だから、今日のような子どもたちの悲劇が少なかったのだろう。物質的に恵まれなくても、子どもたちは決して心を貧しくすることなく皆、逞しく生きてきたのだった。

しかし、高度経済の成長に伴い物が豊かになると、子どもたちの健康的な心の成長は阻害され、心情さえも貧しくなってきた。日本人の誇りだった道徳心、正義感、尊敬心などの社会的なしつけさえも失わせてしまったのである。

友達同士のような親子関係は、親子の絆を弱くし、父母への敬愛も自制心も忍耐力をも失わせる。飽食時代ともいわれる食卓は、昔以上に寒々とし、家庭崩壊の原因ともなっている。

私たちは物の豊かさとひきかえに、なんと多くのすばらしいものを失ってしまったことか。それは、人の心が精神よりも物やお金に傾いてしまった結果にほかならない。

今こそ私たち大人は、社会全体の価値観や生き方を、もう一度見なおすべきではないだろうか。そして一人一人が、真剣に子どもと向きあうべきであろう。大人は子どもの鏡だからである。

父母への敬愛も、人の痛みも想像できない子どもたちが、知識のみをつめ込み、いい学校に入っても、人を率いていく心の豊かな人間になるとは考えられないからだ。

しつけもたしなみも、難しい理屈ではない。押しつけたり、口で言いきかせたり学校で教えることでもない。それは、親の人格と薫陶《くんとう》によって育まれていくものだからである。

いずれも生きることのささやかな部分かもしれない。しかし、決して疎《おろそ》かにはできない、と私は思っている。それらがなかったら、私たちの生活は無味乾燥となるからだ。

清貧の中にあっても、慎しみやはじらいを知っていた、よき時代がなつかしく思われてならない。

小春日のふっくらと父母《ちちはは》の恩

（「道徳ネットワーク」創育十二号）

異色力士・智ノ花

大相撲九州場所は、宮沢りえと婚約した貴花田への熱い期待で幕をあけた。

私は相撲のことはよく知らなかった。場所中もテレビは見なかった。けれども、教師から転職し話題を呼んだ異色力士、成松先生こと、智ノ花を知って以来、テレビに釘づけとなる。

今場所も貴花田以上に、智ノ花の活躍は際立って新鮮であった。

幕下から優勝戦で残った智ノ花は、たちまち十両に昇進し、成松から「智ノ花」となる。

九州場所は、その晴れ舞台でもあった。

マゲを結うまでに髪がまだ伸びなかったとはいえ、十両に昇進した智ノ花は、力士としていちだんと風格を増した。日大相撲部から贈られたという、白い化粧まわしがひときわまぶしい。

思わず目を見張った。土俵に立つ智ノ花の落ち着きと、みなぎる闘志に――。そのとき、既に白星を見る。小さな体からしぼりだす切れ味のよい技、ばねのきいた瞬発力、速い攻めに唸《うな》った。どれをとっても、幕内力士に劣ることはなかった。

勝負は立ちあいで決まるという。相手をよく見、一番一番を大切にとる智ノ花の姿は、実に気迫が満ち美しい。それはつい先日まで、背広を着て教壇に立っていた人とは、とても信じられなかった。

智ノ花の見事な土俵は、相撲を全く知らなかった私の心をも、大いに湧かせる。

土俵の上では厳しい表情の智ノ花だ。だが全力をだし切ったあとの笑顔の、なんという爽《さわ》やかさであろうか。一直線の細い目は、まるで別人を思わせた。優しさのあふれた笑顔に、人間としての魅力が輝く。

相撲道は体のみの実力の世界である。ほかの力士のように、恵まれた体とは言い難い智ノ花だ。そのうえ、三十歳での挑戦は並々ならぬものがあろう。そんなマイナスを支えているのは、死闘にも近い必死の努力以外の何ものでもない。

初場所では、二十九年ぶりという「居反り」なる見事な大技を見せてくれた。相手の花の、国を、後ろに投げて裏返したその一瞬は、神わざとしか思えないほど鮮やかなものだった。

体が覚えていたのだろうか。回り道をしながらも、それを生かす術をちゃんと知っていたのである。神わざの見事さに息をのみながら、成松先生が相撲への夢を断ちがたかったのも、無理もないと、思わず座りなおした。

このように相撲ファンのみならず、全く何も知らない私のような者まで、心を湧かせてやまない智ノ花の奮闘は、人気力士若貴兄弟以上に感動的であった。頼もしくもあった。おかげで楽しみが増える。いくらか相撲がわかりはじめたからだ。

このところ最年少大関の誕生や、外人力士横綱など、角界の話題は尽きることがない。しかし、異色力士十両東七枚目智ノ花の活躍を、私は誰よりも期待している。上位をねらい、これからも味のある土俵をおおいに見せてほしい。

生涯一つの仕事に情熱を燃やす人の姿も感動的だが、智ノ花のように回り道をしながらも、自らの人生を切り拓《ひら》き挑戦する、その情熱と執念の姿もまた、感動的である。

わが国は今、バブルが崩壊し、きわめて不透明である。不安や不満をつのらせ揺れている若者は少なくない。そんな若者をはじめ多くの人たちに、智ノ花の行動は、どれほど挑戦への勇気と希望を与えてくれたことか。

多くの親たちは、偏差値至上教育に不満を持っている。そんな中で、可能性をひきだす教育の本質を、一教師として実践し示してくれた成松先生の挑戦は、教育界にとっても、実に大きな白星ではなかっただろうか。

心の中で拍手を送る。

大相撲長きもの言ひちちろ鳴く

（「いろり火」平成五年五月）

家事代行人

胃腸の弱い私は、夏が苦手である。まさに酷暑だ。特にカフェインの強い、冷たい飲み物をとり過ぎると、たちまち体調を崩す。

昨日、久しぶりに郷里の親友に会った。

話が弾み、つい冷たい紅茶を二杯飲んだ。次の朝、背中に胃がはりつくような重さで目が覚める。気分もすぐれず、家事をどう処理したものかと苦慮する。

そのときであった。大きな体をもてあますかのように、高校生の息子が二階からおりてきた。「しめた！」。救いの神に雀躍し、あわててソファーに横になる。

私は重病人になることにした。

息子は私を一瞥《べつ》したものの、少しも驚く様子はない。仕方がない。早速、奥の手を使うことにした。蚊《か》の鳴くような声で、家事代行を依頼する。

「今日はこれから、図書館に行こうと思ったのに」

一瞬、困った表情で答えた。

今日に限って珍しいわね、と口まで出かかった皮肉をあわてて飲み込む。

蚊の鳴くような声と、ソファーに横になっている姿が効を奏したのか、息子は図書館行きをあきらめたらしい。

すぐに代行業を開始した。布団を干し、食器を洗う。掃除をしながら洗濯機をまわす。

それは、私以上に軽快な身のこなしである。大きな手と背中が、とても頼もしく見えた。

幼いころから手先の器用な子であった。一を教えると十をやって見せた。台所にくると目を輝かせた。どんなことでも自分でやりたがった。料理も洋服づくりも、アイロンがけも、すべて私の真似をしないと気がすまなかった。

セロテープとはさみ、あき箱さえ与えておけば、なんでも自分で工夫《くふう》しておもちゃを作った。私の病気のときは、どんなことでも進んで手伝ってくれた。兄妹がいないので、自分がしなければならない、と思っていたらしい。

よく気の回る子でもあった。自分が病気の時、してもらったのをよく覚えていて、同じようにしてくれた。体重も身長も私に近づきつつある、小学校高学年のころであった。突然、私に自分の背中におんぶしろ、と言う。おそるおそる私が息子の背中にのると、息子はふらふらしながら何歩か歩き、

「今度はぼくがお母さんをおんぶして病気のとき、病院や二階の寝室まで連れていってあげるばんだね」

と、息を弾ませながら言った。

「ぼくね、この日のくるのをずうっと待っていたんだよ」

足元をふらつかせながら、なお言葉を継ぐ。

私は息子が幼いころから、

「働くことは、傍《はた》をらくにさせることである」

と、よく言ってきた。その言葉がしみついていた息子は、早く大きくなって私をらくにさせ、喜ばせてやりたいと思ってきたのだという。

私を背負ったときの息子の笑顔が、忘れられない。中学生になると私の手の届かないところや気づかないことを、さりげなく使い勝手よく工夫してくれた。家と同じように、学校でも何かと教室の中をそうするのだと、中学時代の担任の先生が私におっしゃった。

それも、誰も気づかないほどさりげなくだという。頭の巡りの悪い私は、かなりあとになって気づくのだった。時間貧乏の私と異なり、父親ゆずりの性格はどんな仕事も手抜きをしない。丁寧で何をさせても安心だった。几帳面《きちょうめん》な性格とバカ力は、食器や鍋をみがかせるとピカピカ光り、私を喜ばせた。時々何か私もお返ししようと、頼まれないことをすると、とたんに、

「それは過保護というものです」

逆に叱《しか》られた。

愚かな母親の私は、わからないことはなんでも教わった。どんなこともすぐに明快に丁寧に教えてくれるので、辞書や事典をひらくより早くて便利だった。特に国語の文法がわからなくなるとよくきいた。すらすらと紙に書いて、五段活用から下二段活用まで教えてくれた。未熟な母親にとって、そんな息子は夫以上に頼り甲斐《がい》のある大きな存在でもあった。

ソファーに横になったまま本を読む。時々、代行人の背中に視線を移す。丸めた背中が、かいがいしい。よほど重病人と思っているようだ。

お昼は、息子自慢のオムライスである。

重病人の私は、大口を開けて食べるわけにはいかない。が、一匙《さじ》口に運び、

「りっぱに主婦代行がつとまるのね。やってみると案外楽しいものでしょう。結婚したら奥さんをらくにしてあげてね。人にしてもらうよりしてあげる方が、どれだけ幸せか、何もやらないで家事をばかにする人がいるけど、そういう人は必ず相手の光を奪う人よ。そういう人ではなく、あなたは人に温かい光を与えられる人になってね」

と、食卓でひとくさりする。

「お母さん、病気じゃなかったんですか？」

息子が、汗をふきながら苦笑し、私に尋ねた。

再び横になり、テレビのスイッチを入れる。

教育テレビで星座を映していた。見とれていると、食器を洗っている息子の手が突然止まる。そして、二階に上がっていった。すぐに何やら重い物を抱えておりてきた。自分のパソコン用のテレビであった。

「星座を見るなら、こちらの方がきれいに映りますよ」

美しい光が画面で揺れながら、輝きを放つ。

片づけをすませた息子は、私の背中を指圧してくれた。胃が軽くなる。

私の作戦は見事に成功する。おかげで読みたかった本が読め、思わぬ私の夏休みとなった。

しかし、サービス満点のこの代行人への三日間の支払いは、案外高くつきそうだった。

もうすぐ息子の誕生日だからである。

受験子のくるりとむきし青りんご

（「いろり火」平成二年九月）

心優しい風景

秋の日が西に傾きつつあった。

八百屋の前で、髪を三分刈りにした、黒い学生服の小柄な少年が、夕日をあびながら立っていた。

か細い肩に白いカバンが重く、くい込んでいた。蒼白《そう》の頰《ほお》にニキビが赤く盛り上がっている。誰かを待ってでもいるのか、少年は身じろぎもしなかった。

店は買い物客で込んでいた。

次第に少年の背中は丸くなり、小さな手をもじもじさせはじめた。少年の厚い唇《くちびる》が物言いたげに時々動く。が、声にはならなかった。

幾人もの客が店から去った。すると、

「お帰りなさい！」

八百屋の若いおかみが、弾けるような声で少年に向かって言った。かと思うと、やさしい眼差《まなざ》しを向けながら、二言三言話しかけた。

生気のない少年の顔が、たちまちイチゴ色に染まり、小さな目にすがすがしい視線が走った。厚い唇から白い歯がこぼれていた。その表情は、さっきまで木偶《でく》のように立っていた少年とは、まるで別人を思わせた。

二人のあまりにも自然な光景に、私は目をみはった。

「お子さまでいらっしゃいますか？」

思わず、私の口をついて出た。だが、予想もしなかった言葉が返ってきたのである。

「いいえ、ちがうのですよ。私も全く知らない子なんですよ」

おかみは微笑みながら、さらりと言った。そして、人懐っこい笑顔を向け、さらに言葉を継いだ。

「毎日、学校の帰り、こうして寄ってくれるんですよ。この子のお母さんからは、忙しいので追い返すよう言われているんですが、別にじゃまになるわけでもありませんしね。それに嬉《うれ》しいでしょう。こうして、毎日元気な姿を見せに寄ってくれるんですものね」

言い終わると、少年に視線を移し満面の笑みを送った。少年はニキビの頬をゆるめ、はにかんだ。

柔らかい秋の夕焼けが二人を包んでいた。私の体の中を一陣のすがすがしい風が通り抜けていく。

八百屋といっても、建物の中に店をかまえているわけではなかった。

中学校と住宅のわずかな空き地に、雨をしのぐ屋根があるだけの店であった。商店街からはほど遠かった。にもかかわらず、いつも人の山ができていた。新鮮で品質がよいからだ。

店は若い夫婦で商っていた。小柄で色の黒い夫の方は、仕入れや配達を担当していた。実直な夫は、どんな小さな品物の配達もいとわなかった。妻の方は、販売が主だった。パーマの伸びた髪を無造作に束ね、ふくよかな体を洗いたてのエプロンで包んでいた。その背中には、時々赤ちゃんが顔をのぞかせていた。

裏も表もないこの穏やかな若夫婦は、実に好感が持てた。洗いたての木綿のシャツのような温もりと、爽《さわ》やかさがあった。人に媚《こ》びることも、気負うところもなかった。とりわけ妻の方は、三十代なのに人を包みこむような温かさがあった。また、人をほっとさせるものがあった。

そんな夫婦の人柄と自然さが、私をくつろがせた。毎日、私は店をのぞかずにはいられなかった。少年もきっと、私と同じ思いだったにちがいない。おかみの笑顔と優しさは、少年の心に灯をともし、生きる力と希望を与えていたのであろう。

二人のやりとりに心を湧かせながら、私は少年の澄んだ無垢《く》なる瞳を見逃さなかった。だが、不意に私の胸を塞《ふさ》ぐものがあった。とっさに私は、少年の家族を思い浮かべていた。

私自身、死の淵《ふち》で喘《あえ》ぐ病苦の息子を育ててきたからである。瀕《ひん》死の時は必死で祈り、必ず明るい明日のあることを信じた。危機を脱すると、小さないのちをまぶしみ、すべての深い恵みに、手を合わせた。

おそらく少年とその家族も、生をうけて以来、さまざまな困難と哀しみの中で生きることを余儀なくされてきたはずである。どんな人にも、背に負った多少の悲運がある。だが、少年のそれは、あまりにも重いものであった。

少年は、特殊学級に通う知的障害児だったからである。

しかし少年は、そのような不幸にも屈することなく、一瞬一瞬に喜びをあふれさせて生きていた。そして、背に負ったそれをりっぱに果たしていた。少年の黒い瞳には、哀《かな》しみも一点のくもりも見られなかった。まさに、それは天使の瞳であった。

天は障害とひきかえに、少年に純粋無垢なる美しい魂をお与えになったのである。

少年の透明さが、とてもまぶしかった。

胸の内のあふれるものを私は押しこめつつ、

「ありがとうございました」

いつもより力をこめて、丁寧におじぎをした。

傾きかけた日が、てきぱきと体を動かすおかみの頬をほのかに染めていた。

少年は何事もなかったかのように、静かに歩いて行った。少年の丸い背中が、いかにも満ち足りたかのように、ゆったりと夕映えに照らされていた。

変声期の少年のはにかみ秋夕焼

（「ＰＨＰ」平成元年四月号）

子どもの本

本箱の奥から絵本が出てきた。数年前、大学の母校で教鞭をとっている先輩から、いただいたものだった。大切にしすぎて奥の方にしまい込んでいたのである。

清明で格調高い絵本である。さし絵が芸術的でとても美しい。絵画を眺めているようだ。言葉の一つ一つが、すみずみまで光っている。ほのぼのとした内容も、また嬉しい。とりわけ老化の進んだ目には、大きな活字がありがたかった。

久しぶりに、しみじみと読む。

大人が子どもを対象にして書いたとはいえ、それは決して「子どもの本」でも、子どもっぽい本でもない。大人の読みものなどより、よほど新鮮でことばが生きていた。

最近の絵本は紙質がよいため、目を見張るほど絵が鮮明で美しい。そんな絵本が好きで、私はよく絵本を開く。ページを繰っていると、全く異なる世界がひろがり、現実を忘れさせてくれるからだ。

かつて、童話を書いた時期があった。

自己流とはいえ、主人公と共に冒険をしながら、胸をときめかして書いたことを覚えている。

さまざまな登場人物が空想の世界で躍動しはじめる。すると、自分ではない別のいのちが宿り、主人公をはじめ登場人物たちがおもむきを放つ。このわくわくした気持ちが何ともいえず楽しい。

それらの作品は、幼い息子にまず読んできかせた。息子が退屈そうにしているものは、総じてよくなかった。相手が子どもだからといって手抜きをすると、すぐに作品に現れる。

それほど絵本や童話は手抜きが許されないのである。やがて、何とか息子に合格点をもらえた作品が出来上がった。

ちょうど小学館で、「わが子におくる創作童話」を募集していた。全く自信がなかった。選者はナンセンス童話の第一人者の寺村輝夫氏である。

忘れたころ佳作の通知をいただき、賞牌をもらった。思いもよらなかっただけに、大いに励みになった。

次の年、再び挑戦した。が、やはり佳作であった。入選するまで頑張《がんば》ろうと思っていたら、募集が中止となった。その後も書き続け、児童文学の講座に通った。講師の先生が見てくださるというので長編を送ったが、何年経っても原稿は返らなかった。次第に創作意欲を失っていった。というより、書けば書くほどその奥深さを知り、とても書く才能がないとあきらめてしまったのである。

児童文学は、単に子どものための文学ではなく、大人の小説よりよほど難しかった。何よりもことばがいのちだからである。常に新鮮さが要求され、生気にみちたことばや文体でないと、子どもたちの心に響かない。とくに、腰も眼の位置も、子どもと同じにしないと言葉が生きてくれないのである。

そんなとき、小さな息子が大いに役に立った。息子の言葉をよくメモした。子どもは実にりっぱな詩人であった。私の創作に数多《あまた》のヒントを与えてくれた。

幼稚園に上がった息子が私の真似をし、自分も創るといってきかなかった。いっしょけんめい内容を考え、絵と言葉を考えて絵本をつくった。出来上がると満面に笑みを浮かべながら、私の前に差しだした。初めて自分でつくったそれを、私は沢山《たくさん》ほめてやった。

子どもは、ひらめいたままを文字にし絵を描く。大人よりはるかに豊かな発想だ。創るというより、まるで天からことばが降ってくるかのようであった。五歳の頃俳句を詠む息子を見てそう感じた。

「きっと先生もお母さんと同じように、びっくりなさるかもしれないね」

息子は宝ものでも抱えるように登園した。だが、今にも泣きだしそうな顔で帰ってきた。

「先生がね、お母さんにつくってもらったんでしょうって、絵本を返してはくれなかったの」

顔を曇らせ、小さな肩をおとした。

それ以来、息子は絵本をつくるのをやめてしまった。書くのをあきらめた私と息子は、せっせと絵本や童話を読んだ。子どもの心に響く本は、大人が読んでも感動する本が多かった。何度読んでも飽きなかった。そんな本が本箱の隅に何冊か残っていた。

本屋に入ると、今でも子どもの本の前で自然に足が止まる。見ているだけで豊かな気持ちになるからだ。今の子どもたちは幸せだとつくづく思う。昔とちがって素晴らしい本がたくさんあるからだ。

ゆっくり絵本を閉じる。

今にも絵本の中から、妖精が現れるような気がした。ほのぼのとした余韻に、「もう一度童話を書いてみたい」と、久しぶりに創作意欲が涌く。

揚げ羽蝶が絵本から飛びだしたかのように、柚子《ゆず》の木のまわりをゆったりと舞っていた。

子の創る童話は春の夢のせて

（「いろり火」平成六年九月）

夫婦の情景

小春日和の庭で、石蕗の花が黄色い花をつけていた。

散歩がてらに本屋まで歩く。新刊書を繰っていると、横から静脈の浮き出た男性の手が伸びた。同じ本を手にとると、

「これを買いたいんだが」

と、そばにいた女性に窺うようなくぐもった声で言った。白髪をひっつめた老年の女性が、「読みもしないくせに」と、眉間にしわをよせ、とがった声で言った。

「たまには、本くらいおれだって読みたいよ」

痩身の男性は不機嫌に言い返す。女性も負けずににらみつけるように言葉を返した。

「どうしても読みたいんだよ」

男性は本を手に、眼鏡の奥の小さな目で哀願するかのように語気を強めた。が、女性はその本を手でもぎとると乱暴に元の場所におき、つかつかとその場を去って行った。男性も、あわててあとを追っていった。

二人は、老年のごく普通の夫婦だった。

私は男性が欲しがった本を買った。たまらなく重い足で店を出た。見てはいけないものを見てしまったような気がしたからだ。深呼吸をし、澄んだ秋空をゆっくりと眺めた。

近くのスーパーに入る。三階の衣料品売り場をのぞくことにした。エスカレーターをおりると、一組の夫婦が声高にやりとりをしていた。

「これ、買ってもいいかな」

額の禿げ上がった、赤ら顔の初老の男性が、肥えた女性におずおずときいた。

「そんなの買ってどこへ着ていくのよ。いつも一日じゅう、家でゴロゴロしているくせに」

烏の羽根のように真っ黒に髪を染めた女性は、男性に向かって言った。

「おれだって、行く所ぐらいあるさ」

男性は憮然とした表情で、女性の眼前に灰色のカーディガンを差しだした。丹念にそれを見ていた女性は、値段を何度も見ながら、

「高すぎるじゃないの」

と、強い声を発し、男性に元の所においてくるよう、二重の顎をしゃくった。

「いつもそうやって買わせないんだから。自分のはどんどん買うくせに」

男性は頬をぴくぴくさせ、はき捨てるように言うと、その場を離れた。男性のズボンは、ひざがふくらみくたびれていた。

その場を去り、再びエスカレーターに乗ると食料品売り場に急いだ。

夕食まで間があった。店内は数えるほどの人しかいなかった。中ほどまで進むと、試食台の前に肩を寄せあっている、中年の美男美女がいた。

二人は睦まじく、爪楊枝《つまようじ》にささった小さな肉片をつまんでいた。豊かな髪をオールバックにした精悍《かん》な男性が、日焼けした顔でそれを口に入れ、「結構うまいじゃないか」と、念入りに化粧した長身の女性に言った。女性もうなずいた。

「買っていこうよ」

男性は横に積んであったステーキ用の牛肉を、大きな手でつかんだ。とたんに、

「何言ってんのよ。こんな高い肉、だれが食うのよ」

と、いかにも上等そうな洋服を身に包み、髪を金色に染めた女性が、真っ赤にマニキュアをした手で、ぴしゃりと男性の手を叩いた。そして、身だしなみからはほど遠い、ぞんざ

いな言葉を残し、その場を立ち去った。男性は端正な顔を少しゆがめると、大きな体を前にかがめ、女性のあとに従うように歩いていった。

二人のうしろ姿を見送り、私も外にでた。三組の夫婦が頭の中でぐるぐると回った。何て不思議な日であろうか。三人の男性のわびしい後ろ姿が、目に突きささって離れなかった。

長い間、妻や子どものために身を粉にして働きながら、定年後は一冊の本も、一枚の洋服も妻の許しがなければままならない男性たちが、とてもわびしく思えてならなかった。

たしかに、女性の自立はめざましいものがある。そのうえ、女性は本当に強くなった。どの女性も年齢より実に若々しい。その努力を常に女性たちは怠らない。皆、生き生きしている。

それに比べると、定年後の男性は老けてはいないだろうか。相変わらず昔そのままのライフスタイルを保ち続けている人が多い。定年後、妻に依存することを疑うべくもない。従って妻たちのやっかいものにされ、「粗大ゴミ」や「ぬれ落ち葉」などと非難されるのだろう。

それらの言葉を私はあまり好きではない。だが、相手に依存すればするほど、その分、必ず支配者と従者が生まれるから厄介である。

男性にとって定年後の人生こそ、本当の自分の人生ではないだろうか。もちろん、それには日々の用意が必要であろう。病気でなかったら、どんな小さなことでもいい、輝いてほしいと思わずにはいられない。

喜々として人生を愉《たの》しみ、輝いている夫の姿を見るとき、妻たちは決して粗大ゴミ扱いなどするはずもないからだ。男性もまた、ぬれ落ち葉のごとく妻たちにはりつく必要もないはずである。

あれもこれもと欲ばり常に時間貧乏の私は、豊かな時間のある定年後の男性が実にうらやましい。

頭上で百舌《もず》の鋭い声がした。我に返り今見た光景を振り払う。家の近くまでくると、隣家の猫が日向ぼっこをしていた。私の姿に、鈴を鳴らしながら近づいてきた。足元にじゃれつき、しばらく遊ぶ。

やわらかい秋の日が、こころよい。

呼吸を整わせ静かに玄関の扉を押す。部屋から爽やかな墨の香りが漂ってきた。夫は無心に筆を動かし、水墨画展の作品づくりに熱中していた。人をよせつけない厳しい夫の背を見ながら、一瞬、先刻の三組の夫婦の情景を話すべきかどうか迷った。

しかし私は、そっと胸の中に押し込んだ。

会津魂死守せし夫の背秋ふかし

（「いろり火」平成三年五月）

話し言葉

新緑の昼下がり、下校する小学生に出会う。久しぶりに、ゴムまりのように弾む子どもたちの姿を間近に見、思わず頬がゆるむ。

子どもたちをまぶしみながら、私は彼らのあとをゆっくりと歩くことにした。

よく動き、よく喋《しゃべ》る子どもたちだった。

突然、和気あいあいとしていた子どもたちの間が険悪になる。動作の敏速な日焼けした男の子が、一人の男の子を罵《ののし》りはじめた。色白で見るからに気の弱そうな男の子は、今にも泣きそうな顔をしながら、じっと耐えていた。

「テメイナンカシネ！」

色黒のずんぐりした子が言葉を発すると、まわりの子どもたちも一斉に罵りはじめた。彼らのやりとりを聞きながら、噴きあげていた心がたちまち萎える。子どもたちの言葉が、あまりにも汚なかったからだ。

夕食のとき、早速汚い言葉を話題にした。

「今さら何をそんなに驚いているの」

大学生の息子が一笑に付す。丁寧な言葉を使おうものなら、かえってばかにされたりいじめられたりするのだという。言葉の汚さは誰よりも身にしみていた。躾《しつけ》の届いていない家庭の子どもほど、口汚く罵りいじめに走るようだ。

「ぼくの家みたいに、言葉遣いから何から何まで躾にうるさい家は珍しいですよ」

息子が、なおも真顔で言った。

確かに私は、気の毒なぐらい息子には厳しい躾をしてきた。家の外に出たとき、どんな人の前でも困らないよう、礼を失わないよう、自然でいられるようにとの配慮からだ。とくに心したのが言葉である。敬語と、ありがとうございます、ごめんなさい、であった。

小学一年生のとき、息子の担任の先生が、「それをちゃんとできるのは、山内君一人です」とおっしゃってくださった。息子が小学校に入学するまでには、実に多くの人の恩恵があった。奇跡的にいのちを救われつつも、数多の病苦と困難を余儀なくされたからである。それだけにそれらの三つは、自然に幼いころから身についていた。とはいえ、いつまでも、人を敬い感謝する謙虚さを決して忘れない人間でいてほしかったからである。

純粋で柔軟な息子は、私の厳しい躾にもあたりまえのように従ってくれた。おかげで私は、息子がどんな人の前にでようと、どこへ行こうと何ひとつ心配したことはない。今ではむしろ、私の方がうっかり使ってしまった謙譲語の間違いを指摘されるなど、反対の立場にある。

子どもたちの言葉は、情報の氾濫と共に、どんどん品がなくなった。テレビや漫画などで使われている下品な言葉や、造語が日常会話に使われるようになったからだ。下品なそうした駄洒落《だじゃれ》を、ユーモアと勘違いしている子どもたちの何と多いことか。

そのうえ、ことばがどんどん短くなってきている。「うそ」「まじ」「やっぱ」などが頻繁に使われ、一語ですべてを間に合わせてしまうことさえ少なくない。ことばが短くなるのはいちがいに否定はできない。だが、単語を並べたような粗雑なことばに慣れてしまうと、いつまでたっても日本語が洗練されないのではないかと、気になるのである。無味乾燥なことばは、個性も人柄も感じられないからである。

「ことばは国のいのちである。ことばを軽んじたり、粗末にすると国が滅ぶ」とある作家が言った。全く同感だ。

日本の国語教育は、「読む」「書く」が中心である。私たちが最もよく使う「話しことば」が、特にとりあげられ教わった記憶が私にはなかった。が、本当は書いたり読んだりするのと同じように、大切なことだと思っている。大人も子どもも、汚いことばよりきれいな方が耳に快く、神経がささくれだたないからだ。

小学三年生のとき、東京から会津へ転校してきた女の子と同じ組になった。その子の言葉が実にきれいで、子ども心にも新鮮で好感を持った。ことばだけではなく品の良い立ち居振るまいや敬語は、その子を一際輝かせていた。

すぐに私は親友になった。時々自宅に伺う機会があった。母親の躾のほどが窺われ、子どもながらもとても感動したことを今でも鮮明に覚えている。

正しいことば遣いは、広い意味での人格形成ではないだろうか。親から子へと敬語を厳しく躾られた昔は、大人になっても折り目正しいことばを、ごく自然に話すことができたのである。

もちろんことばは、社会の変化と共に変わっていこう。それは仕方のないことかもしれない。しかし爽やかできれいな言葉は、誰がきいても快い。心のこもった、「ありがとう」の一言が、どれほど相手に温もりと優しさを与えることか。

人を慈しむ心のこもった言葉は、人や社会を変える力をも持つという。それほど言葉の力は偉大である。その背後には、必ずその人の人格が隠れているからだ。

詩人の長田弘氏は、「ひとの人生の豊かさは、自分の胸のうちにある辞書に、生きた『考えた言葉』をどれだけ豊かにもっているか、だ」と言う。そして生活の奥行きを深くするのが、考える言葉であると。

今日の物質的な豊かさは、生活の奥行きを浅くし、言葉をも貧しくしてしまった感がある。言葉は、単に相手に伝わればいい、というものではない。高貴な人から慈しみにみちた言葉をかけられたときの、心の温もりを私たちは一度や二度は体験しているはずだ。

しかし大人になっても、最近は敬語も満足に使えない若者や、大人が増えているという。子どもたちばかりを責めるには及ばない。日本語の使い手である大人が、曖昧《あいまい》でない確かな言葉を使うべきだからである。そうでないと、「言霊《ことだま》の幸《さきは》ふ国」の日本語が泣くであろう。私たちは、太陽や空気や水の恩恵を時には忘れるように、言葉も意識することなく使うことが多い。だが、言葉ほどおそろしいものはない。

その人の品性を、これほどはっきりと現すものはないからである。

よき言の葉よきこと生めり星祭

（「いろり火」平成三年九月）

女教師

花どきに図書館まで歩く。近くの小学校に見事なさくらの花の並木があった。が、例年にない悪天候に、咲き満ちた花は散り急いでいた。

しきりに花吹雪が舞う。

ひとひらを手で受ける。突然、子どもたちの賑やかな声がした。校庭に視線を移すと、花吹雪の中、若い女教師がたくさんの子どもたちに囲まれていた。

女教師は、若草色のスーツが長身によく似合った。女学生のようなあどけない表情と長い髪は、いかにも新米教師を思わせた。すらりと伸びた足は、まぶしいほど若さが躍っている。

一瞬、女教師の姿に小学三年生の担任の女教師が重なる。

その女教師も、女学校を卒業したばかりであった。長い髪を三つ編みにし、それをうしろでまとめていた。笑うとふっくらした頬にえくぼができた。女優の十朱幸代に似た美人だった。私は姉のような親近感を抱いた。

今でも忘れられない、女教師との春風のような思い出があった。

修了式も間近い寒い日だった。

進級の教科書の抽選が行われた。祈る思いで引いたそれは外れであった。私は限りない不安にかられ、顔が強張《こわば》った。思わず涙があふれ、机に落ちた。

その様子を見ていた人がいた。担任の女教師である。すぐに私の席に近づくと、

「廊下で待っているように」

と、さりげなく、優しい声でおっしゃった。私は訝《いぶか》りながらも、寒さに震えつつ廊下に立っていた。

「あなたの分は、ちゃんととっておいてあるから心配しなくてもいいのよ。先生の分をあげますからね」

女教師は私の小さな肩を抱くようにして、ポケットからハンカチをとりだし、私の涙をそっと拭いてくださった。私の頬を今度は熱い涙が伝った。私はそれを上着の袖でぬぐうと、静かに教室の戸を開けた。

教室は、くじの当落で騒然としていた。

「やーい、泣き虫！」

入るなり、隣席の男の子が私をはやした。が、ほかの誰もがそれを気にとめる様子はなかった。しばらく机の前でうつむく。しかし、私の心は台風一過のように、晴れていた。当時は、身のまわりのものをはじめ、教科書さえも十分ではなかった。ノートも満足なものがなく、一度使用したものを消し、再び用いたのを覚えている。

それでも当時の子どもたちは、ゆったりとし、伸び伸びとしていた。

このことがあって以来、私はますます女教師が好きになった。掃除当番の日がとても待ちどおしかった。終わると女教師のそばに行き、おしゃべりやあやとりなどをして遊べるからである。

その日も三人の級友たちと、かくれんぼうをしていた。教室はむし風呂のような暑さであった。髪が汗で額にはりつく。女教師は机に向かい、何やら仕事をされていた。私はその後ろに身を縮めながら隠れた。

しばらくして、女教師が教室を出られた。どうしたのだろうか、と思っているとすぐにもどられた。女教師の手には、真っ赤なトマトがお盆の上にのっていた。

「さあ、みんなで一緒に食べましょう」

女教師の弾む声に私たちは歓声をあげながら、まわりをとりかこんだ。トマトにはみずみずしい水滴がついていた。用務員室には井戸があったのである。

しかし、丸ごとのそれをどうやって食べていいのかわからず、私はもじもじしていた。

「そのまま、大きな口を開けて食べなさい」

女教師がにこやかに言われた。促されるまま、私は口を大きくあけて頬ばった。だが、大好きな先生の前で大口を開けて食べるのが、とても恥ずかしかった。

空腹に甘酸っぱさと、冷たさが体じゅうにしみわたる。涼風のように心地よかった。いつも家で食べているトマトとは、とても思えなかった。女教師も表情をゆるめながら、私たちと一緒に頬ばられた。

汗が次第にひき、とても幸せな気分だった。

教室には、いつも女教師の温かい眼差しが注がれていた。それは、羽毛に包まれたように私たちの心をも優しくした。教師としての経験が浅い分、何事にもいっしょけんめいであった。子どもたち一人一人を実によく見ておられた。

その姿は、子どもの私にも伝わり、とてもまぶしかった。誠実さと優しさが私の小さな胸を温めた。

女教師は代用教員であるときいたが、子どもの私には全く関係なく、とても誇りがましく思えた。

無性に女教師に会いたいと思った。これまで一度もお会いする機会がなかった。既に四十年が経っていた。

風が出てきた。花屑が波となって、校庭の子どもたちの輪に押しよせる。と同時に、下校のチャイムが校庭に鳴り響く。

足早に子どもたちは、さくら色の絨毯《じゅうたん》の上を駆けて行った。女教師は教室に入る子どもたちを見とどけると、肩に落ちた花弁を手で払いのけ、ゆっくり校舎に消えた。それは、一日の肩の荷をおろしたかのように見えた。

女教師の優しき眼差しトマト熟る

(「月刊ずいひつ」平成八年二月号)

「許す」こころ

澄みわたった秋空を眺めながら、デパートで友人と食事を楽しんでいた。

ほどなく、小肥りの中年の女性たちが隣席に座った。とたんに二人の女性は声高に喋《しゃべ》りはじめた。

「わからないものね、あれほど好きで一緒になったのにね」

目元まで念入りに化粧した小肥りの女性が、言った。

「どうしても許せなかったんだって。何でも外面ばかりよくて、内面が悪いらしいわ。すぐ怒鳴って手を上げるそうよ。そのうえケチで、冷蔵庫の中のものまで口をだすらしいわよ」

「いやね、そんな男。まっぴらごめんだわ」

眼鏡をかけた一方の女性が、苦汁にみちた表情で、おしぼりを手にしながら言った。

店内は閑散としていた。既に昼の時間は過ぎていた。二人の会話は、私たちの席までつつ抜けであった。話を聞きながら、私はある夫婦を重ねていた。

熱烈な恋愛の末に結ばれた夫婦だった。夫なる人は、一見物静かで、おとなしそうに見えた。温厚な知人にはとても似合いの人だと、長い間思ってきた。

しかし二人は、子どもが独立するとあっさりと別れてしまった。隣席の女性たちが言うように、内面と外面の異なる気難しい夫との生活に息がつまり、地獄の日々から解放されたいと長い間思ってきたのだ、という。

私はよく内面の悪い夫に苦悩している人たちから、胸のうちを明かされることが多い。外面がよい人ほど総じて内面が悪いようだ。やたらと威張りたがり、絶対者のごとくふるまう。思いどおりにいかないと、機嫌が悪い。世間の評価にいつもびくびくし、何か不都合が生じると、他人のせいにする。

一見とても男性的に見えるが、本当は自己中心的な自信のない小心者が多い。暴言や暴力をふるうのも、そういう男性であった。

こういう夫を持つ女性の苦労は絶えない。別れられる人はまだしも、別れることもできず、精神を荒廃させた女性を何人か知っている。

恋愛時には見えなかったものが、一緒に暮らすと見えてくる。その結果、予想もしなかったことが起きる。憎しみあって生活する夫婦もいれば、輝きを増す夫婦もいる。どういうわけか、見合い結婚よりも、恋愛結婚の方が別れる人が多いようだ。見合いと恋愛とでは、最初から結婚観が異なるからだろうか。絶えずお互いの愛情を期待するそれは、その愛情の深さがかえって葛藤を生むのかもしれない。感情的要因も大きく、それだけ不安定なのかもしれない。

二人の女性は何度も、「許せない」ということばを発していた。

人間はひとりでは生きられない。相手がいる限り当然さまざまな葛藤が生じる。不満や怒りがふくらみ、相手を許せず苦悩している人は多い。やがてそれは、悲しい事件となって爆発することさえある。相手への期待感が大きければ大きいほど、絶望感もまた大きい。親しい者、夫婦、肉親だからこそなお許せない場合も多い。

そんなとき、どれだけ相手を受け入れることができるか。それによって、人生の明暗が分かれかねない。そんな体験をした女性の話を以前何かの本で読み、心を動かされたのを覚えている。「いじめ続けた姑を、どうしても許すことができず長い間苦悩してきた。しかし何かのきっかけで、やっと許す気になった。そう思ったとたんに、体が軽くなり病気さえ治ってしまった。それからは、新しい自分を発見し、幸せな生涯を送った」という。

完璧な人間などいない。一見強そうに見える内面の悪い男性もその姑も、本当は弱い人なのかもしれない。人をいじめたり苦しめたりした相手もまた、罪の意識に悩んでいるかもしれない。

聖書のみことばに、「背きを許すことは、人に輝きをそえる」という言葉がある。

相手を受け入れることができたとき、憎しみは清められ、温かく優しい人間になれるからであろう。

二十代のころ、私はキリスト教の教会に通っていた。初めのころ、せっかくの休日を教会のためにすべて使うのは、とても勇気がいった。が、そのうち日曜日を楽しみにするようになった。

若かった私は、人間のことも人生のことも何もわからなかった。けれども、まわりの温かい人たちに囲まれながら、隣人愛、奉仕の心、感謝、寛容など人間として大切な心を、たくさん教えていただいた。許す心を学んだのもこのころであった。

もう一つ大切なことを教わった。祈るという心のおき方である。その処し方を学んだおかげで、どんなときも人を許すことができ、さまざまな人生の危機をも越えることができた、と言っても過言ではない。

理性や寛容とはおよそ無縁の、明治の裃《かみしも》を着たような人と連れ合って三十年近い。いつも私は怒鳴《どな》られている。それでも笑ってこられたのは、その処し方を学んだおかげである。また、それは私の魂を養う奮起のエネルギーだと思うと、裃を着た人にも感謝でき、精神のバランスが保てるのである。

花満ちて夫の言には抗《あらが》わず

（「いろり火」平成四年五月）

同居人

わが家によく喋る同居人がいる。ひねもすお喋りをし、しきりに語らいを促してくる。彼はすこぶる粗食で手がかからない。体こそ小さいが、聡明でとても愛嬌がある。だが、私の姿が見えないと、声をはりあげてさがし回るほどの寂しがり屋だ。彼には家族の心の中が透けて見えるらしい。私たちの行動を先回りしてしまう。時には意表をつかれることが少なくない。とにかく不思議な同居人である。

大学生の息子が小学校に入学して間もなく、

「クラスで兄妹がいないのはぼくだけだったよ」

と言って、まだ小さな同居人を連れてきた。毎日、宝物のように慈しみ、いっしょけんめい世話をした。彼もよくなつき何をするのも息子と一緒だった。

息子がピアノを弾けば、彼は嬉々として歌った。片時も息子のそばから離れなかった。彼らの兄弟愛の深さに頬がゆるんだ。彼こそ、ひとりっ子の息子に天が与えた弟であろう、と胸が熱くなった。

そんな彼が、わが家から姿を消したことがあった。ちょうど花の季節だった。私と息子が、

「今度のお休みは、みんなでお花見に行こうね」

と、彼に言った。彼は丸い瞳を輝かせ、私たちのまわりをはしゃぎまわった。

久しぶりの春の陽光に、家じゅうの窓は開け放たれていた。息子は新学期の準備に追われ、部屋の整理に余念がなかった。私は本の整理に夢中だった。

気がつくと、彼の姿がなかった。

「きっと、嬉しくて花見の下見にでも行ったのかもしれないね」

家族のだれもがそう思った。が、すでに夕闇が迫っていた。彼はいくら待っても、ついに帰ることはなかった。一足先に花見に出かけたまま――。

彼のいないわが家は、灯が消えたも同然であった。改めて彼の存在の大きさを知らされた。息子は高校生になっていた。共に兄弟のように成長した彼は、わが家のかけがえのない一員となって久しかった。

彼の得意満面の仕草や、愛くるしいことばの一つ一つが浮かんでは消えた。

しばらくして、わが家に再び同居人がやってきた。生まれて間もない彼は、体をぶるぶる震わせ泣いてばかりいた。ミルクを飲ませると、やっとおとなしくなった。私のエプロンのポケットの中が大好きらしく、彼は体を丸めてよく眠った。

久しぶりの同居人に、家族は目を細め、なめるように可愛《かわい》がった。とても従順でおとなしい。ちょっぴり神経質なところがあったが、好奇心旺盛な彼は、三ケ月ごろからたちまちことばを覚え、自在に操った。

再び、わが家に春風が吹きはじめた。

気負いもてらいもいらないこの同居人を、家族の誰もが目尻を下げ、猫なで声で彼の名前を呼ぶ。以前の同居人の苦い体験から、彼には住所と名前、電話番号をまず教えた。たちまち覚え、毎日テープを回したかのように喋り続けた。

今度の同居人も、優しくて面倒見のよい息子が大好きらしく、ひとときも離れない。姿が見えなくなると、「お兄ちゃまは？」と、しきりに私に尋ねる。時々いたずらが過ぎて怒ると、「お母ちゃまは、ばばあちゃん」とへらず口をも叩く。私もすかさず、「おねんねですよ」と、からかう。すると彼はどこででも、つぶらな瞳を閉じてしまうのである。

下宿している大学生の息子からの電話を、いち早く察知してどこからでも飛んでくる。二人で何やら話し、受話器から離れない。週末になると息子の車の音を聞き分け、私に帰宅を教えてくれる。息子の姿を見ると一目散にとびつき、「お兄ちゃまですか。ただいま、お利口ちゃんにしていた」と媚《こ》び、瞳を輝かせて甘える。お土産をもらうと、「おいしい」のおせじも忘れない。

その光景は、まるで血のつながった兄弟のようであった。

この同居人、実をあかせば両掌《て》に入るほどの小さな生きものなのだ。自らを「ピーちゃま」と言い、人間顔負けの言葉を喋るセキセイインコである。

家族の団らんが大好きで、時間になると落ち着かない。遅れると催促する。私が病気のときは枕元にきて、心配そうな顔で私の名前を呼ぶ。返事をしないでいると、自分の顔をすりよせ呼び続ける。彼は自分も人間だと思っているらしい。

これまで何羽かのカナリヤとインコを飼ってきた。皆、それぞれ個性があり、食べ物の好き嫌いもさまざまだった。味噌《そ》汁や牛乳の好きなもの、御飯や果物ばかり欲しがるもの、水浴びの嫌いなもの、いろいろであった。

しかし、人間をよく観察しているのは共通であった。言葉は総じてオスの方がよく喋った。家族の会話から覚えるらしい。

人間こそ、きわめて上等な動物と思っていた私は、この小さな生きものに驚かされた。人間を超えるものがあるからだ。彼らは実に記憶力がよい。会話が可能だ。それは決して、オウム返しなどではない。そのうえ、犬や猫と変わらず、人間の暮らしの中に、とりわけ精神生活に入り込む点では全く同じである。

彼らの愛くるしい言葉や仕草は、心を柔らげ心身の緊張をほぐしてくれる。犬や猫とちがって、会話ができることは限りない喜びであった。

小一の息子が連れてきた、縫いぐるみのような同居人から、私たち家族は、何か大きなものを授かってきたような気がするのである。

帰省子を迎へしインコ両肩に

（「月刊ずいひつ」平成七年二月号）

おはなし

初夏の昼下がり、本棚を整理していたら、懐かしい本が隅から出てきた。大学生の息子がまだ幼かったころ、読みきかせに使用していた童話であった。

手にとると、たちまちなつかしい風景がよみがえる。幼い息子の声が本の中から立ちのぼってきた。

「待ってください、待ってください」

「お願いです、お願いです」

回らぬ舌で、待ってましたとばかりに言った。繰り返しの会話にとりわけ関心を示した息子は、その所にくると身をのりだし、私が読む前に決まって言ってしまうのだった。

そんなときの息子の目は、生き生きと輝き昼寝どころではなかった。

言葉を覚えてくると、私はよく息子に「おはなし」をせがまれた。口先だけのそれは、実に稚拙で、いま思いだしただけでも身が縮む。とても人さまに聞かせられるようなものではなかった。わが子だから許されたのであろう。

息子が小学生になって、私は児童文学を勉強する機会を得た。そのとき、生まれてはじめて専門家による「おはなし」を聞かせていただいた。

「何と見事なおはなしだろうか！」

あまりのすばらしさに胸のうちで叫んでいた。

抑揚のきいた澄んだ透る声、丁寧で巧みな語り口、自在に繰る登場人物、まるでそれは生きているかのような不思議な魔力があった。ぐんぐんと引き込まれた。私のそれとは天と地ほどのひらきがあった。感動に震えながら、しばらく放心状態だった。

私は不勉強を恥じた。幼かったとはいえ、息子はよく私の粗末なおはなしを、がまんして聞いてくれたものである。多分、私の心のどこかに、相手が子どもだという気持ちがあったからであろう。

許されるなら、もう一度一から学び、息子に聴かせてやりたい、という思いでいっぱいだった。

当時は、今日のようにそれほど物質的な豊かさはなかった。その分、時間だけは今よりはるかにゆるやかに流れていた。そのうえ、私が住むまわりはまだ武蔵野の面影が至るところに残っていた。

幼いころの息子は、数多の病を得、二度の手術を余儀なくされた。一度病を得ると回復まで人の何倍もの時間を要した。回復すると努めて外に連れだし、季節の移り変わりに足を止めるのが日課であった。

林の中で、木の実や落ち葉を宝物のように大事に拾った。長い病から開放された息子は、外の風景をまぶしむかのように目を輝かせた。足元の小さな花や小鳥の鳴き声にさえ興奮に近い感動を示した。そのみずみずしい幼い子の感性に思わず圧倒され、私は大人になって失ったものの大きさを思わずにはいられなかった。

子どもの目の高さに立ってみると、尽きない発見と驚きが満ちていた。衿《えり》を正す思いで息子の姿を見入ったのを、今でもよく覚えている。

散歩や遊びに疲れると、昼寝をさせるのが習慣だった。息子は自分のお気に入りの絵本を持ってきた。それを読み終えると、私がおはなしの本を読み聞かせた。

私の方がいつも先にねむくなった。つい、いい加減に読んでは息子に叱られた。

「大人ができるだけ心のこもった、良いことばを聞かせることによって、子どもにもよいことばが育っていく」という。しかし、何かと未熟だった私は、いろいろ理由をつけては手抜きばかりしてきた。

そんな手抜きの中にあっても、子どもとはよくしたものである。親の不勉強や余白をちゃんと埋め、自らの想像力や創造力をふくらませつつ逞しく育っていく。活字で埋まった本よりも余白の多い絵本や、詩の方が時には内容が豊かなように――。いつも子どもの頭の柔らかさに驚き、教えられることが多かった。

詩人・ペーターローゼッガーは、

「子どもは一冊の本である。その本からわれわれは、何かを読みとりその本にわれわれは、何かを書きこんでいかねばならない」

という。この言葉を知ったとき、私の子育ては、必要最低限のものだけを書いてきた、きわめて貧しいものであったと気づく。時にはそれさえも怠り、手抜きばかりしてきたことを恥じる。

それでも何事もなく、無事に一日を過ごすことができたときは、喜びと感謝で心があふれたものである。

思い出のつまった、なつかしい本を閉じる。

階下に下り、新聞を見た。すると、

「幼児もテレビ漬け！」

という大きな見出しが目にとび込んできた。厚生省の指導を受けた日本小児保健協会が、

「幼児健康度調査」を発表し、幼児のテレビ漬けの実態を浮き彫りにしたのだった。

幼児の大半が二時間以上もテレビを見ていた。

テレビの普及は、子どもたちに多くの問題を投げかけてきた。家庭によってさまざまな対応があって当然である。もしかすると、私も面倒なおはなしなどせずに、今ならそうしていたかもしれない、と苦笑する。

手抜きしながらも、共に過ごしたひとときは、いま考えると母と子の黄金の日々だったような気がする。とりわけ「おはなし」は思い出深い。

幼な子の描く丸いびつ秋日さす

（「いろり火」平成四年一月）

週五日制

九月から週五日制が公立学校で実施された。月一回ではあるが、第二土曜日が休みだという。しかし一回といわず、毎週休みにしたら、どうだろうか。

自然破壊と共に、子どもたちの生活スタイルが一変した。学校では常に競争を強いられ、家庭では親の過大な期待が待っている。

本来の自然な姿を失った子どもたちは、今や心の世界をもおびやかされつつあった。心身にストレスを貯《た》め、言葉にならないさまざまな信号を送っている子どもたちの何と多いことか。

それは重圧に喘ぎ、危機に瀕した子どもたちの悲鳴にほかならない。子どもたちの内面に、大人の目には見えない変容が進んでいることを、私たちは深く認識すべきである。とりわけ、偏差値至上の今日の教育や受験競争が、子どもたちのかけがえのないエネルギーを、どれほど奪っているかを――。

そんな重圧に喘ぐ子どもたちに、せめて週二日間は心を解放させてやりたい。

例えわずかな時間であろうとも、勉強を忘れて遊んでほしい。机の上では得ることのできない、さまざまな体験や、たくさんの感動をしてほしい。

子どものころの私たちは、鎮守の森からさまざまな恩恵を受けて成長してきた。その場所は子どもたちの遊び場でもあった。時間を忘れて鬼ごっこをし、ボール投げをして遊んだ。

その遊びの中で、集団生活のルールをはじめ、人と人との関係を、また人の痛みを学んできたのである。また、豊かな森の中は、子どもたちの五感を発達させる場所でもあった。さまざまな自然の神秘が満ち満ちていた。

胸を高鳴らせて見守った蝶や蟬などの羽化の瞬間、アリジゴクがやがて単なる土塊と化し、姿も形も似てもにつかない、ウスバカゲロウとなって飛び立ったときの感動と驚き。それは、どんなに年月を重ねても今なお色褪《あ》せることはない。それらの感動は、学校で学んだ知識の何倍もの新鮮な喜びを私に与えてくれた。

物心つくころから、豊かな自然の中で大自然を大きく受けとめることのできた子ども時代に、改めて感謝せずにはいられない。

しかし自然破壊と共に最近では、自然への畏《い》敬も、生命の尊さも、人の痛みさえも知らない子どもたちが増えてきた。年々増加する子どもたちの犯罪やいじめは、報道されるたびに深い胸の痛みを覚える。社会に入るための準備の、生きた場所でもあった鎮守の森が消え、自然や人と触れあう体験不足と、それは決して無縁ではない。

子どもの成長を無視した教育は、決して好ましいことではない。また、机の上だけの教育には限界がある。心にひびく教育は無理だからである。子どもは両親や大人たちの、いのちを育む愛と慈しみの中で、さまざまな感動に出合ってこそ、心が満たされ、その能力が花ひらく。特に感動することは、子どもにとって知識以上に大切なことだ、と思っている。

子育てにおいて私は、この感動する心を最も大切にしてきた。私のくもった眼を磨いてくれたのは、幼い息子であった。一緒に散歩の折、感動の表情を現さない私に息子は、

「こんなにきれいな花なのに、どうして驚かないの」

と、いつも不思議がった。

感動する心を育てるのは、まず母親の私自身が感動することである、と教えられる。そ

れ以来、自らを戒め、その心を大切にするようになった。

子どもたちの感性はすばらしい。どの子も皆、豊かな感性を持っている。自然の中で眼を輝かすその姿に、わが子のすばらしさや、見えなかった才能を発見するにちがいない。そのとき、学歴信仰に振りまわされ、偏差値に一喜一憂することの愚かさを知らされるであろう。

学校も家庭も、あまりにも教え導くことを優先してはいないだろうか。遊びの中で子ども自身が発見し、感動する大切さを私たちはもっと知るべきである。みちくさや無駄《だ》を大切にしたい。遊びも勉強のひとつだからである。

人間の一生は無駄をすることだ、と言った人がいる。一見、無意味に思える無駄や、下らないと思える中から、貴重な発見や創造が生まれるからであろう。

ある心理臨床家は、心の病を治療するとき、「どんな多用な治療よりも、自然が持っている力にはかなわない」と語る。それほど、自然の持っているものは偉大なのだという。

週休五日制こそ、偏差値至上主義の大人の価値観や生き方を、少しでも見なおすきっかけになってほしい、と願っている。

二十一世紀を担う子どもたちが、どのように成長してきたか、気になって仕方がない。それは次の時代のゆくえをも左右しかねないからである。

花野に散る園児の足の旺《さか》んなる

（「いろり火」平成五年一月）

梅雨の訪問者

梅雨どきのむし暑い日である。夕食の支度をしていると、小雨の中、ジーパン姿の青年が玄関に立っていた。

「小鳥が逃げませんでしたか？」

早口で尋ねる。日焼けした長身の青年の肩には、水色の羽をした小鳥が止まっていた。

理由を尋ねると、帰宅途中、突然小鳥が肩にとまったのだ、という。あちこち周辺の家を聞いて回ったが、該当する家がない。困っていると通りかかった小学生が、わが家に案内してくれたという。

「そうですか。お宅で小鳥を飼っているときいたものですから」

青年は重い口調で言い終わると、肩で息をついた。

外は夕闇が迫っていた。小鳥はどこからか逃げてはみたものの、暗くなり青年に助けを求めたのであろう。青年の後ろに見覚えのある男の子が静かに立っていた。

小雨が梅雨特有のむし暑さを運ぶ。面長な青年の顔に汗がふきでていた。青年はそれを手で払うと、肩の上の小鳥に慈眼を向けた。そして浅黒くぶ厚い右手を、そっと小鳥の前にさしのべた。手なれたその動作に、

「小鳥を飼ったことがおありでしょう?」

と、私はきいていた。

「ええ、飼っていました。でも、今は一人なので飼うことができません」

彼は、微笑した顔をすぐ曇らせた。

「どうしよう」

青年はわが家の小鳥ではないと知ると、今にも泣きだしそうな顔で、手の上の小鳥を口元に寄せ、つぶやくように言った。

(助けてやりたい)

私は先ほどからそう思っていた。が、逡巡していた。二羽の世話になると自信がなかったからだ。持病の腰痛が悪化し家族に迷惑をかける。不安と期待が胸に去来した。

青年との間に沈黙が流れた。

青年の手の上で、小鳥が哀願するかのように、つぶらな黒い目を私に向けていた。男の子も不安げな表情で私を見る。

「わかりましたわ。お困りでしょうから、私がお預かりいたしましょう」

突然、私の口から思ってもみない言葉がついて出た。「迷っている場合ではない、助けてやりなさい」と、どこからか背中を押す声がした。

「ありがとうございます。本当に助かりました。連れて帰るわけにはいかず、困っていました」

みるみる青年の浅黒い頬がゆるんだ。

「よかったね」

青年は、小鳥に向かって晴れやかな顔で白い歯をこぼした。ほっとしたのか、うしろの男の子の顔もほころんだ。

小鳥は青年の手から私の手へと、素早く移った。雨の中を必死で飛んできたのか。羽がぬれていた。鼻と嘴《くちばし》は紫色をおび、鋭く精悍《かん》な目をしていた。おそらく、生まれて何年かたつセキセイインコのオスであろう。

とりあえず飼っている小鳥のカゴに入れる。よほど空腹なのか、一心不乱で餌をついばみはじめた。突然のちんにゅう者に、飼っていた小鳥は驚き、隅の方で羽をふくらませおびえていた。

一ヵ月経っても飼い主は現れなかった。

七月の突然の訪問者を、「ナナちゃん」と名前をつけた。

早速カゴを買い、二羽を別々にした。家族が一人増えたような喜びに包まれる。だが、それもほんのつかの間だった。彼は次の日から家族が目を放すと、飼っていたインコをいじめはじめた。暇さえあれば体当たりで攻撃し、威嚇《かく》する。気性が荒く、鏡に映る自分の姿にさえも攻撃を繰り返した。食欲も旺盛で、ほかの小鳥の倍も必要とした。

あまりにも粗暴な彼に、静かだったわが家は台風がきたようで落ち着かない。飼っていた小鳥はストレスを抱え、おびえ続けていた。二羽の小鳥は驚くほど対照的だった。

ナナちゃんは、どんなに可愛がってもそれに応えようとはしなかった。

一瞬、オウム真理教の麻原彰晃被告を重ねずにはいられなかった。麻原も幼いころから、人との良い出会いに恵まれなかったという。不幸な育ちと自らの劣等感を、カリスマ的支配の中で癒そうとした彼の姿は、あまりにも憐れとしか言いようがない。

ナナちゃんもきっと、幼いころ、あまり大切にされなかったのであろう。やがて、彼は家の中の小鳥だけではなく、外の小鳥の声にも威嚇の声を発するようになった。それでも私は、彼を慈しみ可愛がった。飼っている小鳥以上に——。

あるとき、彼はカゴの中で何やらつぶやいた。耳をすますと、

「オカアチャマ、オイデオイデ、オリコウニシテル、カワイイカワイイ、オニイチャマハ」

と、しきりに首を振りながら、いっしょけんめい喋っているではないか。私は彼をほめ

て頬ずりした。言葉を覚えると次第におとなしくなる。私や家族にも柔和な目を向け始めた。最近では誰も教えたわけでもないのにさかんに、「お手」の仕草をする。爪楊子《つまようじ》のような足を私の指にのせ、しきりにスキンシップを促し、私の名前を呼ぶ。私のことばも理解できるようになり、やっと彼はわが家の一員となった。

既に六ヵ月がたっていた。

彼は今では古顔のように、家の中を縦横無尽にとび回っている。彼がわが家族に加わったのは、息子が社会人として巣立ったあとだった。天は息子の代わりに彼を家族に、加えてくれたのだろうか。おかげで、彼らの世話に追われる私は、腰痛を悪化させるはめになった。そんな私のそばにきて、彼らはふわふわした羽毛の小さな体を私の頬に押しあて、何度も、

「オカアチャマ、ダイジョウブ?」と、心配そうな声で労わってくれるのである。

新しき家族なじまず梅雨長し

（「いろり火」平成八年五月）

ぼくのお嫁さん

久しぶりの積雪だった。外は春の気配から一転して冬景色となる。雪を被《おお》った紅梅の花が、かすかに紅《くれない》色をのぞかせる。

ストーブの上の薬罐《やかん》が、小さな音楽を奏でていた。

「お母さん、少しお休みにしたら」

息子が摺《す》り足で、珈琲《コーヒー》を運びながら言った。

息子の足を一瞥《べつ》し、居間のテーブルで私はペンをせっせと走らせる。

「ぼくね、お嫁さんはね、お母さんのような不美人な人にすることにしたの」

その言葉に、腰を抜かさんばかり驚き、思わずペンをおいた。息子は小さな手で珈琲をテーブルにおくと、悪戯《いたずら》っぽく笑った。

「どうして？」

頭から血が引くような気分で尋ねる。

「だってね、美しい人はそのままでも美しいけど、不美人の人はいっしょけんめいに心をみがかないと美しくはならないでしょう？」

真剣な目をして答えた。

「ぼくね、大人って学校がないから勉強はもうしなくてもいいと思っていたの。だけど、お母さんを見ていて大人もやっぱり勉強しなくてはいけないんだってわかったの。ぼくね、そうしているお母さんて大好きなんだ」

顔を紅潮させながら、息子は照れた表情をした。

あなたも不思議な人ね、と口にでかかった言葉を飲み込みながら、

「ありがとう、とても嬉しいわ。じゃあ、もっともっと勉強しなくてはね」

おどけるように笑って言った。

「だってね、勉強しているお母さんて、とても美人に見えるんだもん」

息子も口をすぼめて無邪気に笑った。

親の後ろ姿というのは、何という不思議な魔力を持っているものか。珈琲を口に運びつつ苦笑する。

息子は五感が発達しているのか、とりわけ美的感性と音感に鋭敏な子であった。私の弾

くいい加減なピアノの音を、すぐに指摘した。散歩に出ると、四季の花々や小さな生きものに優しい眼差しを向け、慈しむ。私が素通りしようものなら、

「せっかくこんなに美しく咲いているのに、どうして驚かないの？」

と、感動しない私をいぶかった。

小五のとき、科学教室の野外学習で教わったという花を教えてくれた。そして、その花の美しさと、あまりにも似合わない花の名前をしきりに嘆いた。

それは息子の言うとおり、名前とは全く異なった、実に美しい紅色の小花であった。息子に教えられるまで、私は見たことがなかった。それは「ヘクソカズラ」の花であった。子どもは親を選ぶことはできない。人一倍美しいものを感じる心の旺盛な息子が、不器量の私をどんなに哀しく思っていたかと思うと、申しわけない気持ちだった。それでも子どもながらに、母親の美しいところを探し、労わってくれる息子の優しさがいじらしかった。

それにしても、子どもはよく親を見ているものだ。ぽろりと本当のことを言う。

私は今でいう未熟児で生まれた。母の胎内にいたときも、生まれてからも栄養失調気味であったという。姉妹の中でも最も体が貧弱で、常に健康に恵まれず苦労してきた。その

うえ、顔の造作ひとつとっても、美貌のものさしからはほど遠かった。そんな私にせめて名前だけはと、両親が心を配ってつけてくれたのが救いだった。しかし幸か不幸か、私はあるときまで自分の不器量さを全く意識することなく過ごしてきたのだった。

新幹線に乗った時だった。洗面所の三方から映しだされた自分の顔に、私は強い衝撃を覚えた。それは、とても正視に耐えられるものではなかった。逃げるように座席にもどり、体を硬くして座っていると、忘れかけていた昔の風景が不意によみがえった。

あろうことか、恥ずかしげもなく私は大勢の女性たちの前に、その顔をさらしつつ仕事をしてきたからだ。穴があったら入りたかった。

それ以来、人の中がとても苦痛に思うようになった。とりわけ、美容院に行くのが苦手だった。大きな鏡の前に座ると身も心も竦《すく》んだ。救いだったのは、結婚後は仕事を持たなかったことである。人の中に出なくてよかったからだ。それは、私にとってとても幸福なことだった。

息子の言葉はお世辞であっても私の心をふくよかにした。居丈高な夫のそれと異なり、息子の言葉はいつも春風のように快かった。私はどれほど勇気を与えられ、心を慰められてきたことか。しかし、齢を重ねるにつれ、不思議とあのときのしぼみかけたものはない。生きる醍醐味《だいご》を多少知ったからである。また、人には顔の美醜を超えるものがあることを学んだからである。

私が尊敬してやまない知人や友人たちは、多彩な才能を発揮し生き生きと輝いている人が多い。その輝きは、顔の美醜や学歴など問題にはならないほど、どの人も素敵《すてき》で美しいからだ。私がもし美貌に恵れていたら、果たしてそういう人たちに出会うことができたか、疑問である。息子が言うように、心を耕すことなく外見ばかりを造花のように飾り、美貌の上にあぐらをかき、鼻もちならない人間になっていたかもしれない。そう思うと、不器量な自分に感謝せずにはいられない。

雪が激しさを増す。うぐいす色をしたメジロが、梅の木に下げた牛脂をさかんについばんでいた。息子としばらく庭の来客を眺め、頬をゆるめる。メジロが飛び立つと、

「温かいのを入れてくるね」

息子が、ストーブの上の薬罐をそっとおろす。

「いいのよ、このままで。それよりねえ、あなたのお嫁さんはね、やっぱりお母さんのよう

な不美人ではなく、お顔も心も美しい人がいいわよ」

私はわざと声を大きくして言った。そして、冷えた、ちょっぴりほろ苦い珈琲をゆっくりとすすった。

息子が小学三年生の春であった。

日溜りを配りし子の言雪しんしん

（「いろり火」平成七年九月）

誕生日の贈り物

十年ほど昔の、梅雨明けも間近い、休日の夜のことである。

バースディケーキの、明かりを消し終えると、息子から小さな包みが贈られた。

「きっと、お母さんに似合うと思うよ」

幼稚園に上がったばかりの息子が自信ありげに、目を輝かせながら言った。

心を躍らせながら開けたそれは、香水であった。意外な贈り物に私は呆然とした。

「ねえ、早くあけてつけてみて」

息子は、鼻をうごめかしながら促した。

琥白《こはく》色の小さな瓶のふたをとると、爽やかで神秘的な香りが漂った。

「素敵ないい香りね」

私も鼻をうごめかしながら、感嘆の声を発していた。

どこで教わったのか、息子はわが意を得たりという顔で、香水のつけ方をいっしょけんめい説明した。言われるままに一滴手につけた。

フッと息を吹きかけると、上等な香りはたちまち私の心を優しく包む。思わず頬がゆるみ、宝石を散りばめたような幸せに浸った。が、熱く湧く胸の底をかすめるものがあった。

お礼を言うより早く、私は口をすべらしていた。

「高かったんでしょう。お金はどうしたの？」

それは、五歳の息子の小遣いの何十倍にも相当したからだ。

「ぼくね、お年玉とお小遣いをずうっと貯めておいたんだよ。お母さんを喜ばせてあげたいと思って。お店のおばさんに相談したら、えらいわねって、とても親切にしてくれたんだよ。いろいろな中から、これならきっとお母さんに似合うと思って選んだんだよ」

息子は晴れやかな声で一気に言った。

「そうだったの。とてもうれしいわ。大切につけるわね」

心から息子に礼を言った。健気《けなげ》な幼子の心遣いが身にしみる。もったいなくてとても使うことができない、とつぶやいていると、

「ねえ、おでかけするときばかりでなく、家にいるときもつけてね。なくなったらまたお小遣いを貯めて贈ってあげるから」

目尻を下げて嬉しそうに言った。うなずきながら微笑む。私のその表情に、息子は満足そうに笑みを浮かべた。つい先日まで、病苦の床にあったのがまるでうそのように――。

息子はその年、二度の手術を余儀なくされた。それまで数多の病気を強いられ、幾度も絶望の淵で病と闘ってきた。代わってやれないもどかしさの中で、私はひたすら小さな生

命を守るのに精いっぱいだった。

そんな私に石けんの匂いこそすれ、香りのおしゃれまではとても手が回らなかった。そんな私のような者には、とても香水など似合うはずもなかった。街ですれちがう女性のほのかな香りに、その人の品位を感じながら鼻をうごめかす時もあった。だが、自分には縁のない世界と頑《かたく》なに思い込んできたのだった。もっともそれは、特権階級の人たちが用いる、ぜいたく品と思っていたからである。

しかし、幼い息子がひたすら小遣いを貯め、私のために選んでくれたそれは、そのすべてを打ち消し、私の頑な心を一変させた。

私は、香りの一瞬の輝きに酔いしれた。

一滴の香りは、絶望の淵から一筋の光が射し込んだような、心に希望と華やぎを与えた。背すじをぴんと伸ばさせ、五月の風のような爽やかさに包まれた。初めて息子を抱いたときのような、あのまぶしい幸福感にもどこか似ていた。

輝くような幸福感に包まれながら、香りのおしゃれが似合うように、内なるものをみがき香らせなければ、と思った。私の尊敬する人たちのように——。

それらの人たちは、生きる充足感に満ちていた。いつお会いしてもまぶしかった。内なる魂からは、ふくよかで温かい人間味が香っていた。そのような人たちこそ、香りのおしゃれが似合う人たちであった。

私もそのような人たちに少しでも近づくようにと、神様が息子に無意識のうちに働きかけ、品物を選ばせたのかもしれない。それは私にとってあまりに大きな課題だった。


そんな息子も十六歳となった。

相変わらず筆舌に尽くせない困難が次々と押しよせてきた。けれども、どんな時も決して絶望に沈むことはなかった。おかげで、人の悲しみや痛みに寄り添うことのできる、優しさを自然に身につけることができた。

そんな息子からの贈りものは、未熟な母親の私にどれほど示唆を与えてくれたことか。

今、鏡台の引きだしの中には、シャネルの五番やタブーなどの高価な香水が眠っている。どれも、友人や知人からの贈りものである。何年も封を切ることはなかった。それが似合うようになったら封を切ろうと思っていたからである。

しかし私には、やはり息子が贈ってくれた名もなき香水が、いちばん似合うような気がした。

小さな瓶の底に残る、なつかしい香りを、私はゆっくりとかいだ。

指切りは菖蒲湯の中子の笑顔

（「月刊ずいひつ」平成十二年九月号）
第四十二回随筆家協会受賞作

たえず進むべきである

花冷えの夜、本を読んでいると、高名な評論家のことばが目に止まった。
「昭和の知識人は、明治の知識人にくらべてはるかに文章が下手になっている。いや、上手下手の問題ではなくて、文章を書く力が無残に低下している」

実に興味深く、耳の痛いことばであった。それは、知識人に限らず私たち一般の人にも言えるからだ。

「読み、書き、話す」の中で、私たちがいちばん苦手なのは、「書く」ことではないだろうか。文明の利器の発達は、私たちから書くという大切なものを遠ざけたのも、原因の一つかもしれない。私もつい面倒になると、電話やファクスに頼ってしまうからだ。

昔の人たちの書簡や文章などを読むと、いかに書く生活を大切にしてきたかがよくわかる。私は何十年も生きてきたが、手紙はもちろん文章ひとつ今なお満足なものが書けないでいる。いったい学校で長い間、どんな国語教育を受けてきたのか、と考えさせられた。

かつて、作家の丸谷才一氏が、わが国の国語教育の貧困さを嘆き、教科書を批判したことがあった。教科書には、あまりにも品位のない粗末な文章が掲載されている、というのである。「これでは子どもたちの精神と感受性は、無残に荒れ果ててしまうだろう」と、ある本で嘆いておられた。

確かに十何年間も国語を教わった。だが、手紙ひとつ満足なものが書けない。もちろん私の場合は、勉強不足の何ものでもなかった。それにしても実に不思議でならない。

私の好きなことばの一つに、武者小路実篤氏の「人間はたえず進むべきである」というのがある。氏は若いころ、文章を書くのが苦手であったという。あることで必要に迫られ、毎日必ず何かを書くようになった。一年間努力して書いているうちに、やがて書けるようになり、たくさんの本を残された。また絵も、初めは下手で形さえ整わなかったが、十年間暇をみて勉強しているうちに、形がとれるようになった、という。

だからどんな人も、「たえず進めばどんなものでも上手になる」というのだ。

しかし、それは氏のような非凡な人だからこそ、可能だったにちがいない。世に名を残すような優れた人たちは、人並以上の天分の持ち主である場合が多い。また、信念の持ち主でもある。天分と努力が実を結び、その人を輝かせたのである。凡人の私には、どんなに努力してもそのような偉大なる人たちには遠く及ぶはずもない。とりわけ書くとなると、実に難しい。才能も何もない所から紡ぎだす作業だからである。

文章も手紙も、心の中の言葉や話す言葉をそのまま文字にすればいいというものではないからだ。

文章を成立させるには、さまざまな手順を要する。他人の目に触れるとなると、なおのこと言葉を選ばなければならない。時には一行紡ぐのにどれほど苦労を強いられることか。同じ日本語にもかかわらず、「話す」と「書く」のとでは大きな差がある。だから口の達者な人が、必ずしも文章も上手だとは限らないのだろう。そのうえ、「言葉は飛び去るが書いたものは残る」と言われるように、書くことはなおのこと気が重い。思っていることを気楽に書けないだけに、いつまでたっても上達しないのかもしれない。

数年前、郷里の土蔵の中から小学生のときの作文や日記が出てきた。庭の花々や自然を観察した文が多かった。それらを読みながら、ぎくりとした。今と変わらない表現が随所にあったからだ。四十数年たっても全く進歩がないということである。

それらを何冊か持ち帰り、つぶさに読み分析した。小学生の私に文章の法則などわかるはずもなかった。が、会話が生き、観察眼が豊かなのが救いであった。大人が見過ごしてしまうものを見事にとらえていた。てらいのない伸びやかなそれは、本当に私が書いたものなのか、信じられない文章もあった。

原稿用紙とかかわりあうようになって久しい。未だに未熟な文章のため、活字になったものを正視できずにいる。数日しておそるおそる目を通す。思っていることの半分も書けていない。もちろん、上手な文章など書けるはずもなかった。

私は時々、未熟な自分を励まし、温かく見守ってくださった人たちを、とりあげさせていただくことが多い。私のささやかな感謝の気持ちである。だが、いざ筆をとると、文字を自在に繰れないもどかしさを感じる。あせればあせるほど、思うように進まない。

しかしいつかは、人に感動を与えるまでにはいかなくても、まともな文章を一つぐらいは書いてみたいと思っている。飾らずごく普通の自分の言葉でである。欲を言うなら、一語一語が立ち上がり、さりげない温もりの中に、品位と知性が香る文章――。

それには、武者小路実篤氏のように、「たえず進むべき」であろう。「一生一品」を目標に紡いでいきたい。

活字にても推敲するくせ花の冷え

（「いろり火」平成八年九月）

幸福な時間

雨催いの、静かな初夏の昼さがりであった。宅急便が届く。大きな長方形の箱に、思わず目をみはる。

箱を開けると、彩りも鮮やかな何種類もの花が束になっていた。箱の中で身を縮めていた花々に、まず労《ねぎら》いのことばをかける。

「お疲れさま」

おびただしい花の束を、そっと起こし、急いで水あげにかかる。

それにしても見事な花であった。

十分に水を吸った花たちが、まばゆいばかりに輝きを増す。ストックの花、ユリの花、トルコキキョウの花が美しさを競っている。まるで花屋さんにでもなった気分である。

家じゅうの花器を総動員する。だが、とても足りない。食器棚から花器になりそうなものをとりだす。短くなった花は、コップやクリスタルの灰皿などに生けたり、浮かせたりした。

家じゅうが花であふれた。長雨にくすんだ部屋が明るくなり、心まで華やぐ。一人で見るのはあまりにももったいなかったが、ぜいたくな気分を味わう。

わが家の庭は、猫の額ほどしかない。狭い庭に、梅や柚子《ゆず》、金木犀《もくせい》、沙羅《しゃ》の木などが茂っている。プランターや鉢には季節の花々が所狭しと並び、足の踏み場さえない。しかし、窓から季節の花を眺められるのは、やはり嬉しい。

手しおにかけた花には思わず頬がゆるみ、花をほめたくなる。最近はバイオの技術が発達し、横文字の舌をかむような花が多い。それでも名前を覚えると、いっそう花への愛情が増す。

園芸店や花屋さんにも足しげく通う。好きな花はもちろん、新しい花を見ると、すぐに誘惑に負けて買ってしまう。しかし、限られた猫の額ほどの土地では、限界があった。そのうえ、切り花は決して安くはない。

彩り豊かなあふれんばかりの花屋さんの前を通ると、「この花々を、そっくり自分の家に持っていき、飾ることができたなら、どんなに幸せだろう。一度でいいから、このようなたくさんの花に囲まれてみたい」と、何度思ったことだろう。

それは私の、長年の密《ひそ》やかな夢であった。

叶わぬ夢とは知りながらも、以前、夫に口をすべらしてしまった。

「宝くじでも当たらない限り、そんな日は永久に無理だろうね」

冷ややかに一笑に付された。

ぜいたくをしたいとは思わない。物のあふれる今日、むしろ何もないほうがいい。だが、少しの本と花だけはほしい。

花の持つ静かさとはかなさが好きだからである。花は黙して語ることはない。そのいのちは、移ろいやすくはかない。そんな短いいのちだからこそ美しいのかもしれない。

私の美の尺度は、花が最初だったような気がする。

物心がつくと、屋敷のいたるところに花が咲いていた。特に家の前にある、絹のような花びらをした牡丹《ぼたん》の花が大好きだった。紫色のそれは、華麗で気品があった。子ども心に美しいと思った。毎年、その花の咲くのが待たれた。小学生のころの日記や作文は、花への感動と花屋さんへの思いで埋まっていた。

それは長じても変わらなかった。

今でも花屋さんに入ると胸が高鳴る。叶わぬ昔の夢が、決まって首をだすからだ。

しかし、その夢がいま見事に実現したのである。宝くじが当たったわけではない。わが家に幸福の使者が現れたのだ。あたかも私の心を見すかしたかのように、そのお方は、長年の私の夢を叶えてくださったのである。

みずみずしく咲き誇る花々に、目も心も奪われながら頬をつねってみた。夢ではなかった。純白の花房をたてたストックの花が優しい香りを放っていた。私は、心ゆくまで初夏の花々に見入った。

何てすばらしい贈りものだろうか。

名状しがたい幸福感で心が熱くなる。五十余年の人生の中で、最もぜいたくで幸福な時間であった。生きていることのすばらしさに感動し、素敵な贈り主に感謝した。今後、このような日は二度と訪れはしないだろう。

花あかりの中で、私は贈り主からの手紙をもう一度ゆっくりと読んだ。花のように美しく端正な文字である。行間ににじんでいる知性と優しさが人柄を感じさせた。

両親との三人暮らしだという。自然と共存した優雅な生活を送っておられるのか、暮らしの奥ゆきが手紙をいただくたびにうかがえた。気配りに長けた優しいお方にちがいない。

しかし、贈り主とは一面識もなかった。わが家では、梅の実の熟す季節になると、一年分の梅ジャムを作って久しい。日ごろお世話になっている人たちにも差し上げる。梅ジャムはあまり市販されていないから、毎年待っていてくださる方も多いからである。

かつて、福島県の指導員として料理を教えていた時試行錯誤の末、簡単に作る方法を見いだした。煮つめるのに多少時間を要するが、誰にでも作れるのである。教えてほしいという人が多かった。新聞に掲載されると、全国から問い合わせが殺到した。花の贈り主もそのお一人であった。

しかし、今でも文通が続いているのは、そのお方だけである。人の縁の不思議さを思う。合掌し、手紙を閉じる。

本箱から花に関する本をとりだし、無上の至福の中でゆっくりと読書を楽しむ。気がつくと花々の芳しい香りが、私をやさしく包んでいた。

厨にて満つもの紫陽花母の歌

（「月刊ずいひつ」平成十年九月号）

一万一冊めの本

高齢化の進む二十一世紀は、私にとっても老いとの闘いにちがいない。しかし、不思議と不安はない。むしろ心が躍る。子育てから開放され、気兼ねなく自分の人生を生きることができるからである。

若いころ、どうせ生きるなら目標を持ってテーマある人生を歩もう、と考えてきた。そのためにも、心の花園を耕し種を蒔《ま》いておこう、と。やがてその種は、いくらかの実りをもたらしてくれるはずだからである。

その実りの花を香らせながら、忍びよる老いを少しでも遠ざけ、充実したふくよかな年輪を重ねたいと思っている。

「老い」は今、さまざまな問題をかかえている。だが、高齢をものともせず前向きに、生き生きと輝いている人をみると、人は生きてきたように老いていくことを教えられる。自分の生き方を持っている人は、老いても魂の輝きを失わない人が多い。その陰には、人には見えない努力と精進があったからにちがいない。その日々の積み重ねが、老いの明暗をも分ける、と私は思っている。

そういう意味からも、女性の社会参加は喜ばしい。専門分野を持ち颯爽《さっそう》と活躍する人の姿には、自立した女性の美しさがある。専業主婦の私にとって、それがとてもまぶしく感じられる時期があった。外で働く女性にのみ、価値ある時間や人生があるように思えてならなかったからである。

しかし、いろいろな分野で活躍する女性たちの実態を知ると、外で働くだけが自分を生かすことでも、価値ある人生でもないと思うようになった。すると、それまで色褪《あ》せて見えた日常の暮らしが輝きを増し、豊かなものとなる。

家族の健康を配慮した丁寧で豊かな食卓、家族全員で作る四季のジャムやデザート、弾む団らん――心をこめた手作りの生活は、何よりも自らの人生を創造するのにも似た喜びに包まれる。静かで平凡な日常を、私はむしろ感謝した。このぜいたくな時間を、やがて迎える老いのために備えたいと考えたからだ。

ことのほか本の好きな私は、図書館から一回九冊の本を借りるようになって久しい。かつて、返すべき本の一冊を忘れた。その苦い体験が、備忘録をつけることを思いつかせた。

それを機に、借りた本を記録し、番号をつけることにした。記録しながら、ふと「人は死ぬまで、どのくらいの本を読むことができるのだろうか?」と思ったからである。

一日一冊が私の長い間の習慣であった。借りた九冊はその日のうちに斜めに読み、内容を把握する。次の日から必要な順に一冊ずつ丁寧に読んでいく。平均すると、一か月に図書館の本だけで三十冊近い。だが、ノルマを果たすための読書は決してしない。ほかのことができないからだ。というより、その必要が全くない。ほとんどが必要に迫られて読む本が多いからである。

期限のある本は、睡眠時間を削っても読むようになるのは発見であった。自分で買った本は、いつでも読めると思うから、そうはいかない。

読書は、私にとって生活の一部となって久しい。それがどれほど私の心の糧になっているかは疑問であるが、いつかは私の老いを香らせてくれると信じている。イギリスの哲学者、フランシス・ベーコンは言う。「読むことは人間を豊かにし、書くことは人間をより正確にする」と。目が見える限り、一万冊を目標にしたい。

読書が趣味ではないので、果たして読めるかどうかわからない。それまで生きられるかどうかもわからない。ただ、平均寿命までまだ三十年あるのが救いであった。記録をつけはじめて、図書館の本だけで現在三千二百冊読む。

一万一冊めは、自分の書いた本をゆっくり読みたいと思っている。

日本の経済成長は、物質的な豊かさのみを追求してきた感がある。二十一世紀は物ではなく、精神の豊かさを求められるであろう。お金や物に傾いた今日の生活は、人の心をやせさせ、みずみずしさを失わせてしまった。今こそ私たちの祖先や先輩たちが、長い年月をかけて育《はぐく》んできた精神の豊かさの価値を、私たちはもう一度見なおしてみるべきではないだろうか。

私は老いても、美しいものを美しいと感じることのできるふくよかな心の持ち主でありたいと願っている。どんなに老いても、心の花園に一輪の花を咲かせ、香らせたいと思っている。その花は、いくら老いても決して色褪《あ》せることはないからだ。

そんな折、私は実に見事な老後を生きる一人の女性に出会った。今年米寿を迎えるそのお方は、生涯現役で、今なお活躍中である。驚いたのは、高齢をものともせず、いろいろ学ぶのに余念がない。現在、通信教育で勉強中である。

暇さえあれば東奔西走し、カメラのファインダーをのぞくのに忙しい。その姿は実に生き生きとして感動的である。凛《りん》とした背中は気品と気迫にみち、どこにも老いは感じられない。まさにその姿こそ人間の生の輝きそのものである。

そのお方にもっと輝いてほしくて、私はお手伝いをさせていただくことにした。側《そば》にいると、学ぶものは限りなく大きく、深いものがあった。飽くなき向上心と好奇心こそ、心身の若さと輝きをもたらすことを学ぶ。また、ささやかながらも、「させていただく」喜びを初めて知る。

学びに卒業はない。米寿の彼女のお姿に、九十五歳で活躍中の宇野千代さん、住井すゑさん、石垣綾子さんの姿が重なった。

そのような偉大なる人たちの高い峰には、遠く及ぶはずもないが、せめて「生きるに価する人生だった」と、言える人間でありたいと思っている。

今、私は一万一冊めの本をめざしながら、未知への出合いに胸をときめかしている。

母の日や三百枚の稿脱す

（第十回近鉄百貨店『私の新世界』受賞作）

学寮

年が明けて間もなく、帰郷する用事ができた。東北新幹線を郡山で下車し、学生時代の友人に会うことにした。

改札を出ると、凍てつく寒気が頬を刺す。友人が目元をゆるめて言った。

「せっかくだから、母校に行ってみましょうよ」

私も、一度ぜひ訪ねたいと思っていた。友人の言葉が冷えた体を暖める。

母校は郊外の伸びやかな、豊かな自然の中にあった。卒業して三十年が経つ。仕事をやめて郷里を離れたこともあり、訪ねる機会を逸していた。なつかしい風景を思いめぐらしていると、近代的な建物が目の前に迫った。

「すっかり変わってしまいましたでしょう」

友人が、目を丸くしている私に言った。

母校のキャンパスには、当時の面影はどこにもなかった。

身をのりだし、すっかり変わってしまったキャンパスを忙しく眺める。学生数も当時とは比較にならないほどであった。建物の多さにも驚く。キャンパスは、冬休み中でひっそりしていた。

想像を超えた母校の輝きに、私はただただ目を見張るばかりであった。友人にそのことを告げ、うしろの建物に目を移す。すると、見覚えのある建物が目に飛び込む。

それは、かつて二年間世話になった学生寮であった。

心を湧かせながら、なつかしい四階建ての寮を仰ぎ見た。私にとってはキャンパス以上に馴染《なじ》み深く、思い出の尽きない建物である。私が生まれて初めて親元を離れ、集団生活を体験した場所だったからである。

学生寮は、一見マンション風の、当時としてはかなりモダンな建物であった。二ＤＫの部屋で、上級生と下級生の六人が家族同様の生活を送るのである。風呂はなく、食事作りから掃除など生活のすべてを自分たちでしなければならなかった。

それまで御飯さえ炊いたこともない私は、戸惑うばかりであった。とりわけ、六人分の朝食と弁当を作るとなると、かなりの早起きをしなければならなかった。電気釜などない時代だから、大変であった。

寮には専任の栄養士がいた。献立表に添って材料だけ調達し、それを自分たちで作るのだった。当時は安価なクジラの肉やモヤシなどが多く、面食らった。ほかに食べるものがないので、わがままは許されなかった。

一階の各入り口の部屋には、寮監が住んでおられた。全員学園の先生方で、時には厳しい目が光った。とりわけ門限は厳しく、七時ではなかったかと思う。外出すると、時計を見ながらよく走った。時間になると鍵がかかって入れないからだ。

消灯は十時だった。時間になると必ず寮監が各部屋を巡回された。足音がすると、私たちは玄関の靴やスリッパをあわてて整えた。そして、すまし顔で六人全員が玄関に手をついて、「おやすみなさい」の挨拶《あいさつ》をした。

そんな拘束された生活や煩わしい人間関係を嫌って、退寮する人も結構いた。そうかと思うと、家が近いのにわざわざ入寮する人もいた。社会勉強や躾のために、親が入れるのである。

万事が管理された生活であったが、私は少しも苦にはならなかった。むしろ何もかもが目新しく、誰よりも早起きをし、掃除、その他の役割分担を余裕をもってこなす。

六人が姉妹のように肩をよせあい、喜びも苦しみも共にする中で、自らを再発見することも多く、それは結構楽しい体験だった。

寮の近くに、学長のお住まいがあった。七夕会やクリスマス会などの寮の行事には、ご夫妻で必ずお見えになられた。当時はまだお若く、四十代でいらっしゃった。知的で上品な美しいお方であった。何をお召しになられてもよく似合い、実に高雅で、知性と美貌と情熱が華となり、輝いておられた。

理事長でもある学長は、常に周囲に、静かな微笑と優しい眼差《まなざ》しで一人ひとりの学生を見守られていた。その眼差しには、並々ならぬ教育への情熱をも感じさせた。多忙な中にあって、授業を受け持っておられた。どんなことにも並外れた才能をお持ちであった。それでいて実に親しみやすく謙虚で、学生や職員の誰からも慕われ、尊敬されていた。

入学式でそんな学長を一目見た父は、

「わが県にも、りっぱな女性がいるね。この学校なら安心だ」

と、学長の高雅で高邁なお人柄に感嘆し、寮の部屋をのぞいて帰って行った。

高校まで、本以外に興味のなかった私は、本に関わる仕事をするのが夢であった。だが、

「これからは、女性も仕事をもって自立して生きる時代がくる。何か資格をとっておいた方がよい」と言う、兄の言葉に心が動いた。

家政科なら姉たちのように、わざわざ花嫁修業をしないですむ。そのうえ教職や栄養士などのいくつもの資格や免許が取得できる。そう思うと、次第に興味が湧き、勉強にも熱

が入った。

寮での生活は、さながら家政学の実践の場であり、人間を学ぶ所でもあった。生きるための最も身近な事がらだけに、それまで興味のなかった分野とは思えないほど、私に強い影響を与えた。また、私のささやかな人生を大いに支えてくれた。私は取得した免許や資格のすべてを、最も生かすことのできた職業に就いたからである。

母校は今年で創立四十八周年を迎える。同窓会のおり、

「学園を創って本当によかったと思っています」

大勢の卒業生に囲まれながら、学長は満面の笑みをたたえられた。ご高齢にもかかわらず、今なおかくしゃくとされ、理事長として幼稚園から大学院までの学園長として、生涯現役でご活躍されている。

かつての学長宅に目をやり、共に過ごした学友や寮友にしばし思いを馳せる。そして、私を育ててくれた母校と学寮をゆっくりと仰ぎ、私は深々と一礼をした。

寒気を振り払うように、小鳥がそばを通り過ぎていった。

誇るべき生涯の師あり福寿草

（「いろり火」平成六年五月）

充足の刻

粉雪の舞う寒い日だった。

うっすらと雪化粧した玄関前の小道で、三人の少女が小犬のように雪と戯れていた。少女たちは赤や黄色の、彩り鮮やかな長靴をはいていた。純白の雪景色に、それは美しく映えた。私は、しばらくその足元に目を奪われる。

不意に少女時代の、ある情景がよみがえってきたからである。

私は少女のころ、会津若松市に近いところで育った。豊かな田園風景のひろがる会津盆地であった。豪雪の新潟と同じように、冬はとりわけ厳しく、来る日も来る日も凍てつくような寒さが続いた。そのうえ、今とは比べようもないほど雪が深かった。

そんな生活に、長靴は大切な必需品であった。しかし当時は、満足な品物を手に入れることさえままならなかった。たとえ手に入っても、長靴などは、すぐに穴のあくとんだ代物が多かった。

三学期が間もなく始まろうとする日、真新しい長靴が玄関に置かれていた。父がどこかで手に入れてきたものらしい。もちろん、それはヤミの商品であった。

長靴は漆黒に光っていた。子どもの目にも一見りっぱに見えた。私は上機嫌だった。それまでの長靴が、もう限界に近かったからである。

学校が始まると、私は誇らしげに登校した。

「今度のは本当に破れないかもしれないわ」

本当にそう思った。新しい長靴はまっ白い雪の中でいっそう漆黒を増し光っていた。いかにもそれは、上等そうだった。

幾日か経った学校からの帰り道であった。足元に異常な冷たさを覚える。長靴を脱ぎ目を凝らしたとき、私は言葉を失ってしまった。期待は見事に外れ、新品の長靴にはもう穴があいていた。はいてまだ一週間もたっていなかった。再び足を入れると、例えようもない冷たさが全身に突きささった。泣きたい気持ちだった。

「どうしたの？」

前を歩いていた女の子が、心配そうに振り返って尋ねた。

雪は風を伴い斜めに顔に刺さってきた。北風がうなり声をあげ、たちまち一寸先も見えなくした。所々に吹きだまりができていた。学校から家まで四キロ近い。吹雪のなかを私は真一文字に口を閉じ、黙々と歩く。家の近くまできたとき、一瞬不安が走った。長靴のことをどう説明したらいいのか、小さな胸を痛めた。長靴はすでに二足めであった。

雪にまみれた体を押しだすようにして、玄関の戸を引き、転がるように入った。母ではなく使用人が飛んできて、外套《とう》の雪を払ってくれた。母は忙しそうに針を動かしていた。時々手を休めて、学校の様子を尋ねた。

「長靴……」

喉《のど》まで出かかっていた言葉を私は飲み込んだ。そして炬燵《こたつ》に深くもぐり込み、黙りこくっていた。うとうとしながらも長靴のことが心を占めていた。台所の方から大好きな煮物の匂いがしてきた。だが、夕食は薬を飲んだように苦かった。

翌日は昨日とちがって、雪晴れの穏やかな朝だった。朝陽の中で、軒下のつららが宝石のような輝きを放っていた。起きると私は一番に長靴のある場所に行った。動悸《き》をおさえながら長靴の片方を手にとった。ぽかぽか暖かかった。母は毎朝、必ず子どもたち全員の靴や手袋をカマドの前で暖めてくれた。

おそるおそる破れた所に目をやった。すると、そこはちゃんとゴムでふさがれ、元に復していた。晴ればれとした心で、私は台所に走った。

「長靴なおったのね、ありがとう！」

母の背に向かって声高に言った。洗いものをしていた母が、くるりと私の方へ向き、

「すぐに穴があいてしまって、本当に困るわね」

と、同情するかのように優しく答えた。

私はほっとした。母はちゃんと知っていたのかもしれない、と心の奥で思った。

穴の塞がった長靴は、ぽかぽかと足を包んだ。そして全身をも包んでくれた。足を運ぶ

たびに暖かかった。それは母の温もりのような気がした。久しぶりに見る今朝の透明な陽《ひ》ざしのように、私はとても幸せな気分だった。

私が小学生の、戦後まもない冬であった。

私たちは今、平和と豊かさの中にいる。破れた靴に心を痛めた少女時代とは、比べようもない。だが、今日より物質的にははるかに貧困であっても、心は決して貧しくはなかった。人々は、どんなに物がなくても、赤貧の中におかれようとも、生きる熱い心がたぎっていた。静かで緩やかな歩みの中にも、今日では味わうことのできない感動と、豊かで美しい魂の充足があった。だからこそ、一足の粗末な靴にも、たとえようもない幸せを感じることができたのであろう。

最近、『清貧の思想』という本が売れているという。物質文明の中でぜいたくに慣れてしまった私たちは、あふれる物をもてあまし、ぜいたくに虚しささえ覚えつつある。どんなに高価な物を持っても、真の幸せや心の貧しさを、補うことはできないからである。

質素な暮らしの中で、ささやかなことにも喜びと幸せを感じ、みずみずしい感動と輝くような充足感を持った少女時代を、あらためて感謝せずにはいられない。

少女たちは、いつの間にか姿を消した。小さな靴あとが無数に残されていた。小道に散った紅梅の花が、純白な雪の下で赤く透けて見えた。

長い冬に耐えたふるさとにも、春の輝く日の訪れも近いだろう。私は紅《くれない》色のひとひらをゆっくりと拾いあげた。

咳《しわぶ》けば背さすりにきし子も咳けり

（「月刊ずいひつ」平成五年八月号）

障害児教育

障害児に会うと胸が熱くなる。思わず「がんばってね」と、こころ秘《ひそ》かに声援を送らずにはいられない。

私自身、あまり健康に恵まれない人生を送ってきたからである。そのうえ、奇跡的にいのちは助かったものの、さまざまな病苦と困難を余儀なくされた子を、育ててきたからであろう。

数多《あまた》の苦しみを幼いころから体験してきた息子は、同年齢の障害児とすれちがうと、「ぼくね、あの子のお荷物、持ってあげたかったの」と、よく私に言った。だが、勇気がなくて声をかけられなかった、と残念がった。

わが家では、このように障害児がよく話題に上る。

不自由な体で、一所懸命生きている障害児に、つい幼いころの息子の姿が重なり、いとおしくなる。また、子どもたちと困難を共にし、いのちを輝かせている両親と教育者たちを、私は心から尊敬せずにはいられない。

新緑のまぶしい季節だった。何げなく新聞をひらくと、満面に柔和な笑みをたたえた、一人の老年の男性の写真に釘づけとなった。私の心は逸《はや》った。なつかしい心の恩師に、久しぶりにお会いできたからである。

その人こそ私が尊敬してやまない、障害児教育の第一人者、昇地三郎氏であった。氏は日本で初めて、脳性小児まひ児の教育施設「しいのみ学園」を設立された。自らも二人の脳性小児まひの子の親で、生涯、障害児教育に並々ならぬ情熱を注がれたお方である。

氏には障害児との触れあいを綴った著書も多い。かつて何冊か読ませていただいたが、どんなりっぱな教育書よりも心を熱くさせられた。ペスタロッチ賞、吉川英治文化賞など、数々の賞も受賞されている。

今回も紙上で、「障害児こそ教育の原点である」と語られる。自信にみちた氏の笑顔の、何と爽《さわ》やかなことか。

障害児教育へよせる氏の熱い眼差しが、紙面いっぱいに輝いていた。だが、氏の笑顔の裏には、人知れぬ苦労と並々ならぬ闘いがあったはずである。長男に続いて次男までもが重度の障害児と知ったときは、一緒に死のうかとさえ思った、とおっしゃる。

氏の語る一語一語は重い。「昇地語録」と言われるほど、心に沁《し》みる数々の名言となり、感動を与えてやまない。

「常識や通念で子どもの世界を見てはいけない。子どもに会ったら、先ず笑顔である。そして、子どもに驚き、感動することである。それこそが、教育の極意である」

氏は、淡々と語られる。それは、生涯一つの星をめざして情熱を燃やし続けた人のみが、語れることばであろう。

私は、幾人かの障害児や知的障害者を知っている。

彼らの無垢《く》なる心、澄んだ瞳、繊細でみずみずしい感性、豊かな発想に、はっとさせられることが多い。彼らの能力は表からはなかなか見えにくい。けれども、健常児よりはるかに豊かなものを持っている。一芸に秀でた人も珍しくはない。

無垢なる魂は、時には途方もなく大きなものを生みだす。放浪の天才画家「山下清」は、その例であろう。氏は知的障害児の学園で育ち、その貼り絵が世に出て以来、「日本のゴッホ」とさえ言われた。

自らの運命を受け入れ、いのちを輝かせている障害者たちを見ると、私は深い尊敬の念を抱かずにはいられない。

子どもたちは、どんな子も「宝石箱」である。健常児も障害児もである。だが、今日の学校教育は、子どもたちのそうした宝石や、無限の可能性をも奪って久しい。とりわけ健常児は、心を耕されることもなく、一つの物差しで造花のように育てられてしまう。

それればかりか、生きた花や規格に合わない花はむしりとられ捨てられる。その結果、実にひ弱で単純な子どもしか育たない。すぐに挫《ざ》折する子が多い。目標も充実感も知らない子どもたちは、孤独である。不安の中で揺れている。

世の教師たちには、教育の根本を見直し、昇地三郎氏の教育と情熱を、もっと学んでもらいたい。そうすれば、いじめも、学級崩壊も、不登校も、きっと少なくなることであろう。

氏は今年で八十九歳になられるという。これからも生涯現役で頑張りたいと語られる。生涯、障害児たちに優しい眼差しをもって慈しみ、深く彼らを照らしてこられた氏の偉大さを、あらためて心に刻みこまれた。

暗いニュースの多い日々、久しぶりに心を湧かせ、ゆっくりと新聞を閉じた。

道ゆずれば手話の親子の眼涼し

（「いろり火」平成七年五月）

ヒトリシズカの花

庭のヒトリシズカが、緋《ひ》色の顔を遠慮がちにのぞかせた。ほどなく可憐《かれん》な白い花をつけることだろう。

この花は、亡き友人の記憶を呼び起こす思い出の花である。

エビネの花が咲く季節であった。朝出かける支度をしていると、電話が鳴った。

「ぜひあなたに、もらってほしいお花があるの。今すぐ、おいでにならない。私が死んだらそれを私だと思って、思い出してほしいの」

友人が急ぐかのように、一気に話された。

その日、野の花について書いた私の拙文が新聞に掲載された。それを読んだ友人が、早速電話をくださったのである。

あいにく、私には先約があった。どうしても伺うことができないため、日を改めて参りたい、と告げたものの、友人のことばが妙にひっかかって仕方がなかった。

友人は、花を愛する歌人である。

ことのほか万葉の花を愛し、あまたの山野草を丹精をこめて育てられていた。時々伺っては、万葉の花々を見せていただく。花の名前を尋ねると、友人は嬉しそうに、

「すてきな名前でしょう。古《いにしえ》の人は、野の花ひとつにも、趣のある名前をつけたのね」

と、目を細めながら一つ一つ丁寧に説明された。さらに、

「この花たちみんなを、自分の子どもだと思っているのよ。だから一人でいても、ちっとも寂しくないの」

と、穏やかな笑みを浮かべながら言われた。

庭の中ほどまで行かれると、友人は腰をかがめ、

「この花、ご存知？　娘が大好きだった花なのよ」

と、緑色の小さな植物を慈しむような目で、見つめられた。

それは、ヒトリシズカの花だった。

白い糸のような短い小花が、濃いみどり色の四枚の葉に守られるかのように咲いていた。

その名のように、どこかさびしげな花であった。それを、私に持っていってほしいと言われた。

「生きていたら、ちょうどあなたぐらいの年かしら。物静かな娘でね、美しいものが大好きだったの。この洋服も帽子も、娘のものだったのよ」

ゆっくり立ち上がると、ワイン色の上着を手で示され、同色の帽子を脱いで私に見せてくださった。そして、哀しみを抑えるかのように、急にお顔を曇らせた。結婚して間もなくご主人を亡くされた友人は、再婚された。だが、そのご主人も他界されたという。そればかりか、相次いで二十代のお嬢さまを亡くされる不幸にも見まわれる。

二冊の歌集は、庭の万葉の花々と共に、詠《よ》まずにはいられなかった三人のいのちへの哀

歓がたぎり、胸を熱くさせられた。私が友人と出会ったのは、そんな歌集を上梓《し》された後の『万葉集』の勉強会であった。頭脳明晰《せき》で、鋭い感性をお持ちのお方で、博学でもいらっしゃった。鋭く説得力のあるさまざまな話を、私は身を小さくしながら、耳を傾ける。友人の話をきくだけで、私は聡明になったような気がした。

親子ほど年が異なるにもかかわらず、私のような者を、いつも温かい眼差しで自分の娘のように心をかけてくださった。

庭に初夏の陽光がふりそそぎ、夏椿の花が咲きはじめた。花を仰いでいると、目の前に白い花が音もなく落ちた。両手で五弁の花を包み込むと、まだ花の温もりが感じられた。清楚《そ》で気品のある花だが、はかないいのちの花でもある。

花をいとおしんでいると、一瞬、友人の顔が浮かんでは消えた。

胸騒ぎがした。急いで家に駆け込み、友人宅に電話をした。だが、何度かけても留守であった。何軒かの病院に問いあわせる。やはり友人は、入院なさっていた。夏椿の花の落花は、まさしく虫の知らせであった。

お見舞いにお伺いすると、友人は小さくなったお顔を枕に埋めるかのようにして、

「こんな体になってしまって。まだまだやりたいことが、たくさんあるのよ……」

と、血の気を失った唇を力なく動かされ、お声をつまらせた。時々、無理にほころばせた口元には、哀しみが濃く漂っていた。食欲がないと言われる友人に、私は手作りのスープやゼリーなど、喉《のど》ごしのいいものをせっせとお届けする。そして、羽根をむしられた鳥のように萎えた友人の足や手を、優しくさすってさしあげた。

病室には花々があふれ、毛筆の見事な短冊が輝きを放っていた。年賀状を私に代筆してほしいと、しきりに気にされた。

新しい年を迎えた。松がとれて間もなくの、冷え込みの厳しい朝だった。ほどなくかかってきた電話に、私は息を飲んだ。友人の悲報であった。

「まだまだやりたいことが、たくさんあるの」

友人の哀しげな声が耳底にひびく。

私はまだ夢をみているような気がしていた。私が死んだら思い出してほしい、と言われたあのときの電話は、自らの死を予測してのことだったのだろうか。人の運命の不思議さ

を思わずにはいられなかった。

告別式の日、雪の花が悲しげに舞った。

友人の涙のように、その年は雨が多く、雪が舞った。とりわけ二月の大雪は、春の歩みを遅らせた。

ようやく、わが家の野の花々が表情を増しはじめた。

風もない穏やかな日和だった。友人宅の植物を見に出かけて行く。

雨上がりの庭は、洗い清められたかのように春の陽光があふれていた。ジュウニヒトエが紫色の花穂をたて、ヤマブキが春のいのちのような黄色の花を並べていた。

万葉の植物たちは、主のいない悲哀を秘めながら冬の厳しさに耐え、ひっそりと花の仕度を整えて、誇らしげに花をつけていた。

ヒトリシズカの花をさがす。しかしその花は、どこにも見当たらなかった。

友の脚さすりし夕べ秋ひそと

（「月刊ずいひつ」平成八年八月号）

父

二月二日は父の命日である。

七十九歳の生涯を閉じるまで、絶えず向上を願い、緻《ち》密な頭脳は少しも劣えることはなかった。枕元にはあまたの本が積まれ、若いころから発明工夫に情熱を燃やし、人の考えつかないことを生みだすのが好きな人だった。

どんなときにも、父のあわてた姿を見たことがない。ゆったりした口調と、物静かで折り目正しい立ち居振る舞いは、まわりがはらはらするほど悠然としていた。どんなに忙しくてもそれは変わらず、見ているだけで実に長閑《のどか》な気分にさせられた。祖父も同じだったという。

外出する父のまわりには、和室いっぱいに衣類が並べられた。私は、あれこれ迷いながらようやくその一枚を手にする父の姿を、幼いころから見てきた。田舎の人には珍しくおしゃれな人だった。

それは、自分のためというより相手への心遣いといっても過言ではない。相手に失礼のないよう、恥をかかせないよう心を配る。特に相手のご厚意には、何倍にもして謝恩しなければ気のすまない義理堅さを持っていた。

末っ子で親や姉たちの愛情を一身に集め、何不自由なく育った父は、自らを犠牲にしても人に尽くすことを喜びとしていた。だが、それは、決して見栄や虚栄心からではなく、父の慈しみ深い心と優しさがそうさせるのである。人間だけではなく、生きものに寄せる愛情も尋常ではなく、世話をするときの顔は喜びに輝き、純粋で情が濃い人であった。

それでいて、会津魂を秘めた血は剛直で誇り高く、どんなときにも心を貧しくするのを何よりも嫌った。とりわけお金には、きわめて淡泊であった。

私が高校生のとき、長姉に続いてすぐ上の姉も嫁ぐことになった。和裁、洋裁、料理、お花、編み物、人形作りと、あまたの花嫁修業に明け暮れた。おびただしい嫁入り道具を前にしながら、父が私に、さりげなく尋ねた。

「このような花嫁道具や習いごとがいいか、それとも、それに見合った別なものにするか、どっちかを選ぶように」

私は迷うことなく進学を父に告げた。

突然の私の言葉に、父は一瞬、驚きの表情を見せた。二人の姉たちのように花嫁修業をさせたかったのだろう。当時郷里の周辺には、女の子を遠くに下宿させてまで進学させる家は、皆無といってよかった。

狼狽《ろうばい》する父に、既に地方公務員として働く兄が横から助け船をだした。

「これからは女性も何か技術を持っていた方がいい。どうせ行くなら資格のとれるところに行くといい。花嫁修業などいくらしても、資格をとるまでにはたいへん時間がかかるよ」

兄に説得された父は、花嫁修業の代わりに進学を許してくれた。

卒業したら当然仕事に就き、謝恩するものと思っていた私は、就職することを父に告げると、

「どうしても働くというのなら、無報酬で働きなさい」

と言って、私をあきれさせた。

父の言うことをきかずに、私は公務員となり給料も頂いた。

そんな折、入学時に買った債券が返還される通知が届いた。当然受けとるものと思い、父に告げた。すると父は、

「今日あるのは、そこで学ばせていただいたおかげにほかならない。それは全額寄付をし、ご恩を返しなさい」

と、平然と言ったのである。

しかし、私はしゅん巡しながらも、それをいただくことにした。半分を母校に寄付し、半分を父に返そうと思った。もちろん父には内緒である。半分をさしだした時の、父の複雑な表情が忘れられない。

そんな親不幸な娘を、ほかの子どもたち同様生涯案じ続けた。特に、姉妹の中でいちばん遠い地に住む娘の健康と暮らしを案じ、「不足はないか」と、心にかけてくれた。

物質的な豊かさは、必ずしも人の心を豊かに美しくするとは限らない。だが、父は生涯自らの誇りと魂を貧しくすることはなかった。その信念を貫き通した。

その姿に、人はどんなに年老いても、どんな位置におかれようとも、捨て去ることのできないものがあることを知らされた。父はひとにしてもらいたいことをせよ、と口癖のように言っていた。

人生八十年、老いの姿は一様ではない。が、人は生きたように死ぬという。生涯の終わりの意識の中にも、その誇りを輝かせ生を閉じた父の姿に、生きることの美しさを教えられる。
また、生きている間はそれほど感じることはなかった、親の愛情をあらためて知ったのである。ふとした拍子に、父を思いだすとき唇にのせる父から教わった法句経の言葉がある。命日の今日、一炷《いっしゅ》の香を手向け口ずさむ。

もしひと　よきことなさば
これを　またなすべし
よきことなすは　たのしみをもつべし
善根《よきね》をつむは　幸いなればなり

父のこころをひきつぎたい。それが父へのせめてもの報恩だからである。

桃冷やす亡父の分も加へたる

（「いろり火」平成元年五月）

まぶしい背中

春の陽光がやさしくふりそそぐ日であった。

写真を勉強中の友人と奥多摩に足を伸ばす。人気のない山あいは、梅の花の盛りだった。山肌が紅白に染まり、静寂さが漂う。山の斜面には、オオイヌノフグリのるり色のじゅうたんが初々しく広がる。

山際に、濃い緑に包まれひっそりとたたずむ古刹《さつ》があった。山門のわきには、杉の巨樹がそびえていた。

突然、カメラを手にした友人の目が輝く。

私たちは山門の中に入れていただき、亭亭たる杉の樹《き》を見上げた。幹の太さは、大人が両手を何人分もまわすほどであった。樹齢千年にもなるという、都の天然記念物に指定されている老樹であった。

友人が、すかさずシャッターを押した。

体を右へ左へと軽やかに動かし、時にはひざまずきながら押し続けた。琥珀《こはく》色の半コートに身を包んだ背中が、まるで別人のように見えた。

「何と美しい、見事なうしろ姿なのかしら」

思わず私は心の中で声を発した。気迫がみなぎり、米寿の人のうしろ姿にはほど遠く、信じがたかった。凛《りん》とした背中は、磨きぬかれた品格と不思議な香気が漂っていた。その背中に、私は人間の生の輝きを見た思いがした。

日ごろから、この友人の行動力と挑戦力には目をみはるものがあった。実際にその姿を目《ま》のあたりにし、まばゆいばかりの気迫に圧倒された。飽くことのない向上心と挑戦する緊張感が、心身の若さを保持し輝きを放つのであろうか。

友人は花柳流の名取りで、日本舞踊の師匠であった。だが、ご主人の看病のため舞踊を断念され、写真の勉強をはじめられたという。八十歳をすぎての挑戦であった。ほかにお琴、三味線、刺しゅう、お花など、たくさんの趣味を持っておられる。その多芸多才ぶりは尋常ではない。

いったん手を染められると、何事も専門家になってしまうほどの、並はずれた才能と資質に恵まれ、そのうえ、人一倍の努力家で情熱の持ち主でいらっしゃる。

京人形のような気品に満ちた美しいお顔からは、とてもそのような想像はできなかった。組織の頂点に立つご主人と共に、海外での生活も長く、恵まれた環境の中で優雅な生活を送っておられる。にもかかわらず、周囲に甘えることなく、生涯現役をつらぬき通され、今なお一人で暮らしておられる。

「息子も娘もいますが、一緒に住むとあまりにも大切にされて、やりたいことができないので」

人にきかれるたびに、そう答えるのだとおっしゃる。

山あいの古刹は水を打ったように静かだった。

静寂さの中に、友人のシャッターの音だけが響く。杉の巨樹に守られるかのように、赤い前かけのお地蔵さまがほほ笑んでいた。

私たちは本堂に通され、ご夫人から熱いお茶をもてなされた。

「お母さまでいらっしゃいますか？」

慈母観音のような銀髪のご夫人が、私との関係や年齢を尋ねられた。友人が年齢を告げると、ご住職とご夫人は腰を抜かさんばかりの驚きの表情をされた。

「ほんとうですか。とても九十歳近いなんて、信じられません。二十歳はお若く見えますよ」

目を丸くされ、ご夫人が微笑された。

友人とは、月下美人の花がご縁であった。新聞で私の拙文を読んだ友人がお手紙をくださり、交際が始まった。私は、たちまちその高雅さと生きる姿勢に圧倒された。それ以来、人生の師として学ばせていただいている。本当は友人などと呼ぶには畏れ多かったが、ご本人の希望で人前ではそうさせていただいている。

「本当の親子かと思いました。遠いところを、よくここまでおいでになられましたね」

ご夫人は私たちの訪問に、何度も目を細められた。

初対面にもかかわらず、話は尽きることがなかった。私たちは何かに導かれて、この古刹にやってきたような不思議さを感じた。ご縁を感謝しながら、ご本尊さまに掌を合わせさせていただく。

風が梅の花のかぐわしい香りを運ぶ。手入れの行き届いた庭の木々が芽吹き、ボケの花がふっくらと橙色《だいだい》の花をつけていた。長閑《のどか》な山あいの古刹によく似合う、菩薩のような住職ご夫妻であった。

空は雲ひとつなく晴れわたっていた。

「このような日は、めったにございませんの。きっと、よいお写真が撮れておりますよ」

帰り際に、ご夫人が曲がりかけた腰を伸ばしつつ、名残を惜しまれた。

古刹の前のゆるやかな坂を下っているとき、ウグイスのさえずる声がした。春を告げる喜びの澄んだ音色が、静寂な山々にこだましていった。

「よい写真が撮れたような気がするわ」

友人が、晴れ晴れとした笑顔を私に向けられた。

凛とした友人の背には、生きる歓喜がほとばしり出ていた。千年杉のような大きないのちがまぶしかった。

上気した頬に、るり色のじゅうたんを渡る風が心地よい。さわやかな春の息吹の中で、私は自らの老いに思いをめぐらしていた。

村の児のぴょこんとおじぎ葱坊主

（「月刊ずいひつ」平成四年八月号）

邂逅

台風がきているらしい。九月にしては異常な暑さである。熱風が首筋にまとわりつく。私は家並みを抜け、野良猫のミーちゃんの住む場所まで急いだ。

雑木林の木々が激しくゆれていた。私は、彼女の名前を大声で呼んだ。すると、返事でもするかのように走ってきた。元気な彼女の姿に、ほっとする。声をかけると甘い声を発し、私の足に顔をすりよせた。彼女は包み紙をはがすのももどかしげに、チーズを頬ばる。

私の背後で、いきなり声がした。振り向くと、近くのホテルの女性従業員だった。

「この猫ね、食べ物をやっても、あまり食べないのよね。でも好きなのは、おいしそうに食べるのね」

ゴミ袋を抱えた年輩の女性は、厚化粧の口元から白い歯をこぼした。少食で卑《いや》しいところがない彼女を、とても不思議がった。

私が彼女と出会ったのは、昨年の秋だった。散歩の途中に雑木林の近くを通ると、品定めでもするかのように、私をじっと見ていた。そのうち時間になると、私のくるのを待っているようになった。声をかけると尾っぽをさかんに振り、私の足もとをぐるぐる回りはじめた。

そんな彼女が愛《いと》しくなった。私は、散歩に出るときは、おやつのチーズを用意するようになった。一日でも私が姿を見せないと、きのうはどうしたの、とでもいうような表情で突進してくる。

彼女は美人で、気品があった。いつも悠然としていた。だが、きわめて神経質で気難しい。独占欲が強く、ほかの仲間に優しくすると、嫉妬《しっと》してすぐにすねた。

そんな彼女は、いつまでたっても仲間に馴染《なじ》めず、食事さえとらなかったようだ。気の毒に思った心優しい方が、彼女だけ別に餌を与えると、仲間から離れ、今の場所に住むようになったのだという。

彼女は幸せな毎日を送っていた。ホテルの従業員が、少食を不思議がるのも無理はない。たっぷりと餌をもらっていたのである。

あるとき、彼女は好物のチーズを食べ終えると、そばに落ちていたペットボトルの潰れた蓋《ふた》を前肢でつかんだ。と思ったら、それをお手玉のように器用につきはじめた。あまりにも見事だったのでほめてやると、得意満面な表情で何度も見せてくれた。飼われているときにでも覚えたのだろうか、実にいじらしかった。

そんな彼女を、何度か家に連れていきたい衝動にかられた。私の生きもの好きは、周知の事実である。幼いころから、目を細めて世話をする両親の姿を見て育った。大人になっても、嬉嬉《きき》として遊ぶ彼らの姿や仕草が脳裏に焼きつき、彼らの姿を見ただけで頬がゆるんだ。ところが、わが家では夫の協力が得られず、生きものを飼うのは不可能であった。

彼女の場合も、人間と共に生活するのが果たして幸せか疑問である。誰にも束縛されずに、自由を満喫する幸福もあるからだ。もしかすると彼女は、気ままに暮らしたい思いが高じて、家出をしてきたのかもしれない。

彼女を、そっとしておくことにした。

救いだったのは、いつ会っても彼女は哀《かな》しい目をしていないことだった。むしろ、自由を楽しんでいるかのように生き生きとしていた。もちろんそれは、彼女に心をよせる優しい人たちのおかげであった。彼女には、毎日餌を運んでくれる人たちがいた。

おひとかたは、女教師である。朝夕、数多の野良猫たちに餌を運んで回る。ご自宅でも、気の毒な彼女の仲間たちを世話されていた。そんな女教師の家の前には、小さな生命を捨てていく人が絶えないという。

もうひとかたは、既に教職を退職されたご夫婦である。どんなに悪天候の日も、ご夫婦で彼女のもとを訪れる。心ない人間の手によって瀕《ひん》死の状態に陥ったいのちを、高額の手術代や入院費を自ら負担された慈悲深いお方である。

年々ペット産業が繁盛しているが、彼女たちの仲間があちこちで増えているのも事実である。飼ってはみたものの、やがてもてあまし、虐待したり捨てたりする人たちがあとをたたない。わが家は小平霊園が近い。哀しい目をした彼女の仲間が、数多うろうろしている。繁盛の裏側の悲劇は、目を覆うものがある。

そのような無責任な人たちの後始末を、黙々となさっている人たちのあることを知り、心温まる思いである。何という心優しい、偉大な人たちであろうか。

この世には、自分の保身しか考えない貧しい心の持ち主がいるかと思うと、このように心優しい、美しい魂の持ち主がおられるのである。何度も餓死寸前の小さないのちや、心ない人間の仕打ちで傷だらけの瀕死の状態のいのちを救われたという、感動的な話を時々伺う。私まで優しい気持ちにさせられる。自然に頭が下がり、尊敬と感謝の念を抱かずにはいられない。

お三方に共通するのは、知、情、意を兼ね備えた、実に謙虚な人たちである。とりわけ生きとし生けるもののいのちを思いやることのできる、心情の持ち主でもある。見るからに慈眼と福々しい笑顔には、日向《ひなた》のような温もりが感じられた。

今では私まで、お三方の大いなる温かさと寛容さに甘えている。勉強会などで使用されたテキストや資料のお裾分けにあずかっているからだ。

野良猫との縁がもたらした、この心ときめく恵みに、手を合わせずにはいられない。それにしても彼女は、何て素敵な人たちとの邂逅《かいこう》をもたらしてくれたことか。

彼女を撫《な》でる手に思わず力が入った。

老夫婦の優しき会話あたたかし

（「いろり火」平成十年九月）

昔の少年

梅雨晴れの日、東京の本郷で中学校の同期会が開かれた。「七夕会」と称するこの会は、東京近郊に住む人たちの集いである。

五十代に入ると、子育ても終わり、気軽に出かけられるようになったのか、年々遠方からの出席者が増えつつある。この日も、名古屋や郷里の会津から、恩師と同期生が大勢かけつけ、七夕会を盛り上げてくれた。

卒業以来、はじめて再会する人も幾人かいた。名前が遠い記憶を呼びおこし、よせてくる波のごとく話が弾む。私は三十九年ぶりに再会した幼馴染みのY子さんと、我を忘れて話した。

五十年の歳月をのり越えてきた昔の友は、皆しわを刻み白髪も増した。だが、どの人も人間的な奥ゆきが感じられ、実にいいお顔になっていた。そんな中でとりわけ印象的だったのが、いちだんと丸味と風格を増したKさんであった。

会場の玄関で恩師を待っていると、

「ちゃんと、このとおり持ってきたよ！」

Kさんは声高に、携《たずさ》えていた小型のバッグを高々とあげて見せた。

「あなたに怒られるからと言って、無理やり私から奪って、K君が持ってくれたのよ」

恩師が横で嬉《うれ》しそうに笑顔で言われた。

通知が届いて間もなく、恩師から電話をいただいた。「ぜひ出席したいのだけれど、一人では心もとないので、どなたかと一緒なら」と——。すぐに私は、郷里に住むKさんに手紙を書き、会場までのご案内をお願いした。彼こそ適役だと思ったからである。

そんな彼と、偶然にもクジ引きで隣席となる。着席するなり彼は、緊張した面持ちで、

「いやあ、この辺がとても重かったよ」

と、肩に手をやりいたずらっぽく笑った。私は緊張を強いた突然の手紙をわび、改めて心からお礼を言った。

女性の幹事がお国訛《なまり》で会場を湧かせた。彼はいくらか緊張がほぐれたのか、

「ぼくはね、当時、家に事情があってね、高校の入学願書は、先生が出してくださったんだよ。あのときは本当にうれしかったね」

と微笑しつつ、実にさらりと打ち明けたのである。

彼とは中学校の三年間、同じクラスだった。がっちりとして体格のよかった彼は、学校でも際立っていた。だが、なぜか級友から恐れられていた。私も三年間、あまり口をきいた記憶がない。彼は面白半分なのか、本気なのか、時々男の子を泣かせていた。それは、多くの級友の心を痛ませた。

彼は何かに抗《あらが》っているかのように私には見えた。だが、少年らしい快活な素顔も時おり覗《のぞ》かせた。頭脳明晰《せき》で機転の利く彼は、級友を笑わせ教室を沸かせた。そんなときの彼は、

人を泣かせているときとは全く別人のように優しい表情をしていた。何よりも、彼の目は濁ってはいなかった。彼は大きな体に似合わず、実に優しい目元や口元をしていた。

いま思えば、深刻な問題が彼の心を不安定にし、やり場のない気持ちが噴出していたのだろう。家庭の事情から進学を危ぶまれた彼は、一人で苦悩していたのである。多感な思春期の少年にとって、級友たちと異なる道を歩むことは、耐えがたかったにちがいない。

一見粗暴に見えた彼だが、本当はとても快活で優しい、優秀な生徒だったのである。担任の女教師はそれを見抜き、彼の前途に自らの手をさしのべられたのである。

担任は、大学を卒業して間もないみめかたちの美しい女教師であった。国語と社会を担当され、私に書くことの小さな芽を育んでくださったのもこの女教師だった。お若いのに偉大な教師であった、と胸を熱くしながら会場の恩師にそっと視線を移す。

思いもよらない彼の言葉だった。彼は優しい目元を和ませ、問わず語りにさらに言葉を継いだ。

「いやあぼくは、中学校も高校も担任の先生には恵まれて、本当に幸せだったよ」

日焼けした顔に白い歯を見せながら大きな体を小さくし、謙虚に、そして誇らしげに言った。

「いちばん迷惑をかけたのは、ぼくだった」

彼は、少年のようにはにかみ屈託なく笑った。

今、それを笑って話せる彼は、少年時代の辛さを糧にして、ひと回りもふた回りも成長し、見事な熟年を生きていた。その横顔には、哀しみも孤独も不幸も、どこにも感じられなかった。長男の彼は郷里で、地域の指導者として活躍中である。恩師の甥《おい》の上司でもあるという。妻や子どものことを話すときの彼は、眼鏡の奥の目を細め、満面に笑みを浮かべた。幸せそうな彼の笑顔は、私の心も幸せにした。

温かい家族によって和らげられ、深められた昔の少年は、すっかり丸く穏やかになり、まわりの人たちに安らぎを与える柔和ないいお顔になっていた。お月さまのような彼の顔からは、不思議な温もりさえ漂う。私の胸にあふれてくるものがあった。手紙をだして本当によかった、と思った。

彼の幸せを祝福するかのように、窓から差し込む夕日が、彼の横顔をまばゆく照らしていた。

会場のあちこちから、ふるさとの訛が飛び交い、旧友の声がひとつとなって押しよせた。東京の夏座敷には、懐かしい故郷の香りが満ち、旧友の面ざしの中に、少年少女の顔が見えかくれしていた。

炎暑きて旧友の輝きまぶしめり

（「月刊ずいひつ」平成六年八月号）

母の日

五月の第二日曜日であった。身支度を終えた大学生の息子が、

「都会さ、ちょっとばかり行ってくるね」

と、ふざけながら言った。

空は厚い雲で覆われていた。私は、「わざわざこんな日に出かけなくても」と空を仰ぎ、

昨日帰省したばかりの息子に言った。

横から夫が真顔で言った。

「土の匂いばかり嗅いでいると、都会が恋しくなるのだろう」

今日は母の日である。プレゼントを買いに行く照れをかくすために、わざとふざけてみせたのであろう。

息子は毎週末、神奈川県の湘南から東京の東村山市まで帰省する。家庭教師を依頼されているためである。入学当初は往復六時間かけて通学していた。だが、勉強量があまりにも多く、剣道などいくつかのサークル活動にも支障をきたすため、アパートを借りている。

「近くなったので少しは楽になるかと思ったら、あまり変わらないよ、毎日忙しくて」

そう言いながら、充実感あふれる顔をのぞかせる。

息子が選んだ学部は、二十一世紀の国際社会を先取りしたユニークな教育を行う学部である。外国語とコンピューターは、文房具代わりに徹底的に鍛えられる。「話せる語学、従わせるコンピューター、創造する頭」を地でいく学部で、授業はハード以外の何ものでもない。

入学時から連日、宿題のレポート提出に追われ、学校での徹夜も珍しくない。毎日、大勢の学生たちが泊まり込みで勉強しているという。もちろん、ハードなのは学生ばかりではなく、教えるほうも常に研鑽《さん》に余念がないと聞く。

畑に囲まれた十万坪のキャンパスは、二十四時間開放され、明かりが消えることはない。コンピューターネットワークがはりめぐらされ、瞬時に世界各国と交信できる設備を持つ。まだ、どの大学も企業でさえもそれらの設備はない。

驚いたのは、昼休みの時間がないことだ。日本の大学の水準をはるかに超えている、と言われる授業内容の関係で、どうしても昼食がとれないという。コンビニもなく昼食をとりそこねると、一日じゅう食べることができず目がまわる。そう言いつつ息子は、自分でおむすびを作って持参するのだと笑う。

大学に入ったら、好きなことができると思っていた学生たちは、そのハードさに目を丸くし、「これが慶応ボーイか」と嘆くという。ついていくことができず、入学早々、脱落する者も少なくなかった。

入学式が終わると、息子の学部は保護者共々その場に残された。

「他の学部のように遊んでいる暇はない。とにかくハードであるが、ついてきてほしい。その見返りは必ずある」

加藤寛学部長をはじめ教授たちが、授業内容を力説され、釘をさされた。

「大変なところに入ったものだ」

説明を聞きながら思った。「創造する頭」を地でいく授業は、宿題が多いのもあたりまえであった。だが、自ら選んだ学部だけに、息子は少しも苦にする様子はなかった。むしろ、水を得た魚のように嬉々《き》としていた。

帰省しても、食事の時間を惜しみ、おもちゃのようにノート型パソコンを繰っている。鉛筆代わりだというそれは、宿題や電子メールなど、さまざまに活用される。私は時々画面を覗きながら、科学技術と情報の発達に目を見張った。パソコンと向きあっているときの息子は、生き生きしていてまぶしい。毎月、電話代が何万円にもなる親のふところも知らずにである。

しかし、往時は、こんな日が訪れようとは、誰が想像できただろう。私は、生きているだけでいい、と祈りながら必死で、今にも消え入りそうな小さな生命を守ってきた。兄弟のいない息子は、人との競争が最も苦手だった。まして、人を押しのけなければならない受験には、不向きな子であった。

それだけに、合格通知は春の光のようにまぶしかった。これは、天からの贈りものにちがいないと――。

押しよせる困難と試練に絶望しなかった息子に、神様は、「この子への試練は、もうこのくらいでよいであろう」と、思われたのだろうか。

その春、庭の紅白梅の花が、ふっくらとわが家の春をたたえていた。


夕方、息子が晴れやかな顔で帰宅した。

ひと息つくと、跪《ひざまず》きつつ小さな包みを差しだした。赤いリボンを解くと、金色の時計が光っていた。それは私が最もほしかったものだった。

「働くようになったら、もっと上等なのをプレゼントしますから、今日は、これでがまんしてください」

息子が、柔和な顔つきで言った。私は普段使用していた腕時計を紛失し、毎日不自由していた。それを、ちゃんと見ていたのである。

見入っていると、息子が腕にかけてくれた。記念日や母の日には、私の最も必要とするものを贈ってくれた。心配ばかりかけてきた、お礼なのだと言う。

一瞬、文字盤がかすむ。急いで外の景色に目をやると、紫色の鉄線花が満開だった。息子が幼いころ、鉄線のように強い体になってほしいと、小指ほどの苗を植えたのだった。眺めていると、消え入りそうな小さないのちの一齣《こま》一齣が浮かんでは消えた。

厚い雲が払われ、夕日が差しはじめた。

左手を顔に近づけ、息子からの真心を、もう一度ゆっくりと受け止めた。

母の日や子が跪《ひざまず》く小さき箱

（「いろり火」平成四年九月）

優しい眼差し

明るい六月の朝、小鳥の声で目を覚ます。

初夏の光が、柿の若葉を輝かせていた。空が青く広い。久々のふるさとであった。

帰省はいつも、懐かしいものに再会したときのような、清々《すが》しい喜びがあった。都会の騒音と緊張から解放された安らぎがあった。心をくつろがせ、豊かな自然の輝きの中に身を置いた。

「足がすっかり弱くなってしまってね」

老母が薄くなった膝をさすりながら、つぶやくように言った。しきりに伸びた雑草を気にした。

「あとで、私がきれいにしますよ」

そう告げると、老母の顔がぱっと明るくなった。

父が亡くなって十三年が経つ。以後、老母が一人で郷里の家を守っている。九十二歳の高齢にもかかわらず、二軒の母家とさまざまな建物、近隣に貸している土地などの管理をも余儀なくされている。きれい好きな母は、広い屋敷に雑草一本生やすのを恥じた。母の気にする場所を覗くと、人の目には触れない、新しい母屋と塀との間だった。

朝食をすませると、早速草とりにかかった。ふるさとの大地に根をおろした植物は、のびやかに丈《たけ》を伸ばしていた。健気《けなげ》に生きている雑草がいとおしい。私は、育ったこの地よりも都会のコンクリートの中での生活の方が長い。緑色の雑草さえも、私の目には新鮮に見えるのである。

土蔵の屋根から、土鳩が赤い目でじっと私を見ていた。母が一人になるとこの招かざる客は、つがいで屋根裏にすみついた。そして、どんどん子孫を増やし、今では家族のつもりで大きな顔をし、出入りしている。

橙《だいだい》色の足をしたムクドリが、私のすぐそばまできて、巣作りの枯れ草をせっせと運んでいる。頭上ではカッコウが、晴れやかな声でさえずっている。小鳥たちはこの季節、みな多忙をきわめていた。子育ての季節だからである。

草とりは結構、力を要した。額に汗がにじむ。久しぶりに触れる土の香りや草のみどりが、むしろ清々しくさえあった。汗の噴きでた首筋を、風がそよいでいく。自然のさわやかさが快い。汗と土にまみれながらも、私の心は不思議な至福に包まれていた。

中ほどまで進むと、いくら格闘しても抜けない雑草に手をやいた。手袋を脱ぎ、道具をさがしに納屋まで急ぐ。しばらくして戻ってみると、突然、草むらで黒い塊が動きだした。思わずあとずさりする。息を殺しながら、おそるおそる近づいた。すると、その黒い塊は、鋭い嘴《くちばし》を開けながら、激しい声で鳴きだした。私におびえているらしい。

一瞬、ためらった。だが、助けてやりたい気持ちが先に立った。黒い塊を、そっとすくいあげた。よく見ると、ヒヨドリの雛《ひな》であった。灰色の産毛が濡れていた。巣から池に落ちたらしい。

雛鳥《ひな》を家の中に連れていき、体をふいて暖めてやる。おびえているのか、まだ鳴き止む様子はない。牛乳を指先でふくませた。やっと、おとなしくなった。カステラを一口与えた。安心したのか、雛鳥はそれまでとは異なった人なつっこい、優しい眼差しを私に向けた。それは、母親を見るような親愛の眼差しであった。体をなでてやると、体温が私の手に伝わった。いっそう慈しみの心が増す。

外でヒヨドリの甲高い声がした。

親鳥らしい。わが子の姿をどこかで見守っていたのか、雛鳥をさがす鳴き声であった。急いで元の場所に連れていった。目立つように白いタオルを敷いてのせた。頭上で親鳥が私の様子を窺《うかが》っていた。私は、家の中から彼らを見守ることにした。

しかし、三十分たっても親鳥は迎えにはこなかった。雛鳥も飛び立つ気配さえない。やきもきしながら私は、そっと雛鳥を抱き、飛ばしてみた。だが、すぐに地上に落ちた。まわりのどこにも親鳥の姿はなかった。

電話が鳴った。

雛鳥を元の場所に置き、家に駆け込む。しばらくして戻ってみると、その姿は消えていた。ほんの二、三分の出来事であった。

わが家の庭にも、メジロやウグイスなどの野鳥が訪れる。冬場だけ彼らのために餌台を設け、木々に牛脂をつるす。愛くるしい彼らの姿や仕草は、家族の心を和ませてくれる。だが、ヒヨドリだけは、わが家の嫌われものであった。

体が大きく、見るからに可愛げのないこの鳥は、乱暴ですこぶる行儀が悪いからだ。常に餌を独り占めにしないと気がすまない。そのうえ大食であった。おまけに、庭の花を次次とむしりとった。けれども私は、雛鳥を抱いて以来、そんな思いが一変した。

人なつっこい優しい眼差しが、実にいとおしく思えた。その生命の強さと眼差しに、ヒヨドリの本当の姿を垣間見た思いであった。

彼らの背後には、厳しい現実があった。

常に食うか食われるかのすさまじい生存競争の中で、身を挺して親鳥は、雛を守り育てている。それは、ヒヨドリといえども同じであった。

私は、雛鳥の無事を祈りながら空を仰いだ。

小鳥たちが、さかんにさえずっていた。耳をすますと、まるでオーケストラのようだ。それは、小鳥たちの子育てや、巣立ちのあとの歓びの声にもきこえた。

人は文明と共に自然を破壊し、自然を失って久しい。だが、ここふるさとには、昔ながらの豊かな緑とのびやかな自然が輝いている。自然の流れに従って、人も生きものもゆったりと生きている。それぞれのちがいを大切にしながら、共存共生している。

それは、生きているすべてのいのちへの、人間の優しい眼差しがあってこそ、可能なのである。

白い蝶が、咲き遅れた紫色の牡丹の花に近づき、ゆっくりと遠ざかっていった。土蔵の屋根から土鳩が珍客の私に、何かを語りたげに視線を向けている。後ろを振り向くと、老母が雛鳥のような眼差しで、縁側に座っていた。除草を終えてから、母の髪を梳《す》いてあげた。

一握の母の髪梳く初夏の緑

（「月刊ずいひつ」平成七年八月号）

エゴの花

雨に洗われた木々の若葉が、エメラルド色に輝く日であった。散歩の足を伸ばすと、エゴの花がほこらしげに花をつけていた。

この花との出合いは、三十年前にこの地へ移り住んでからだ。ちょうど花時であった。鈴のような小花をたわわにつけた白い花が、雪のように雑木林を染め、初夏の香りを放っていた。長い花柄を垂らし下向きに咲くこの花は、よく見ると小作りだが実に清らかで、ゆかしかった。

たちまちエゴの花に魅せられた私は、周囲の雑木林をよく訪ねた。

咲いても散っても、風情のある花である。

とりわけ散るときは、雫《しずく》のように振りこぼれた。周囲を白く散り敷くさまは、純白の上等な絨毯《じゅうたん》のようで、足を下ろすのがもったいなかった。

その日も、家の近くのエゴの花のトンネルの小道をゆっくりと歩いた。シャンデリアにでも照らされているかのような花明かりは、晴れがましい気分にさせた。

花の群れを仰ぎ、初夏の香りにひたっていると、背後にかすかな足音を耳にした。振り向くと、見知らぬ女の子が立っていた。私は笑みを浮かべ挨拶を送る。

一瞬、少女の表情が動く。

少女に話しかけ、年齢をきいた。少女はまっすぐに結んだ唇をゆるめ、右手をパーの形に開いて見せた。

「五歳なのね。幼稚園は？　今日はお休み？」

私のことばに、たちまち顎のとがった面長な顔が硬ばった。悪いことをきいてしまった、と私は思った。事情ありげな少女の境遇を思い、すぐに話題をかえた。

「きれいでしょう。この花のお名前、知っている？」

少女の目の高さにかがみながら、持っていたエゴの花房をさしだした。少女は首を少しだけ傾けた。

「エゴの花っていうのよ。私もね、最近覚えたばかりなの。お嬢ちゃんに、お花のかんざしをつけてあげましょうか」

少女はかすかな笑みを浮べながら、首をたてに振った。私は自分の髪からピンを一本抜くと、エゴの花柄をはさみ、少女の髪にさした。

「とても素敵よ。よく似合っているわ」

少女ははにかみながら、そっと自分の髪に小さな手を押しあてた。

「おばあちゃんに見せてくる」

少女ははじめて声を発し、花のかんざしを揺らせながら、エゴの花のトンネルの中を駆けて行った。少女のあとを追うように、私も雑木林の小道の入り口まで進む。走っていく少女の背中に五月の陽光が注がれていた。ツバメが白い胸をひるがえし、瑠璃《るり》色の空を飛んでいった。

少女はすぐにもどってきた。

「おばちゃん、ありがとう」

息をはずませながら言った。少女の真っ黒な瞳《ひとみ》は別人のように輝き、尖った面長な顔は丸味をおびていた。

時々、雑木林の中の小道で少女に出会った。

会うたびに少女は生き生きとした表情で、

「あっ！　あのときのおばちゃんだ」

と、大きな声で手を振った。

エゴの花の小道は、駅までの近道である。私も買い物の往復に、よく通る。何度か少女に会うと、私はすぐ近くの自分の家を指して少女に教えた。少女が訪ねて来るような予感がしたからである。

玄関のブザーが鳴ったのは、次の日の夕闇の迫るころであった。少女は泣きそうな顔で立っていた。祖母が留守で、鍵がかかって入れないと言う。上がるように言うと、少女の顔に光が差した。遠慮がちに家の中を見回しながら、少女は、

「おばちゃんち、子どもは？」

と、いぶかしげな表情で尋ねた。結婚して間もなかった私には、まだ子どもはいなかった。少女はそれを知ると、安心したかのようにほのかな笑みを浮かべた。

少女は思った以上に明るく、人懐《なつ》っこかった。小花をあしらった木綿のワンピースは、さっぱりしていた。三面鏡が大好きで、来るたびにのぞき込んだ。肩までの髪を二つに結わえ、赤いリボンをつけてやると、はっとするような、優しく柔らかい笑顔を見せた。小麦色の肌が、いかにも健康的だった。

家事をしていると、手伝ってあげると言ってきかなかった。健気さが胸を打った。手伝っているときの少女の顔は、生き生きと輝いていた。祖母のしつけなのか、上がるときは

靴をそろえて脱いだ。躾《しつけ》がよく行き届いた少女だった。

訪れるごとに、少女の表情は柔らかく豊かになっていった。子どもらしい邪気のない顔で、飼っている小鳥に話しかけた。時々、少女と共に作ったおやつを食べながら、私たちは親娘のように笑いころげた。だが、伸びやかな笑顔の中に、うっすらと孤独が感じられた。黒い瞳と長いまつげには、哀愁が濃く漂っていた。少女は、祖母と二人暮らしであった。

家族のことも、母親のことも、一言も口にしなかった。私も尋ねようとはしなかった。少女といると、とても幸福な気分だった。エゴの花のように心が清められた。

いつしか私は、少女の訪問を心待ちにするようになっていた。

しかし、エゴの花が散りアジサイの花が咲く季節になると、少女の足はぱったり途絶え胸騒ぎを覚えた。少女の家を窺うと、別の人が住んでいた。言いようのない寂しさに私の心は波打った。

はえし歯を見せし児の口花明り

（「月刊ずいひつ」平成十一年一月号）

十薬の花

気がついたら庭の木かげで、ドクダミが白い花をつけていた。特有の臭気を持つこの野草は、あまり人に好まれない。だが、よく見ると、四枚の白い十字の花弁に、黄色の穂をつんとたてた花のさまは、なかなか味わい深いものがある。

一輪手折り、備前焼の小壺《つぼ》に挿して、明るいところでしみじみと眺めた。花の白さが静かに立ちのぼる。嬉しそうに花がほほえんでいるかに見えた。

店頭には季節を問わず豪華な花が並び、年々そのような花が好まれるようになる。だが、四弁花の持つ素朴さはかえって新鮮であった。別名「十薬」とも言われるだけに、花も葉も地味な中にも精気がみなぎる。とりわけ暗緑色の心臓の形をした葉は、いかにも強靭《じん》な生命力と生気が感じられる。眺めていると、心身に力が湧いてくるようだ。

幼いころから、梅雨の季節になると郷里の裏庭でこの花をよく目にした。だが、あの特有の臭《にお》いが嫌いで、そこにはあまり近寄らなかった。

中学生になった夏休み、父に裏庭の草取りを命じられた。ドクダミに触れることを余儀なくされた私は、息をとめたり鼻をつまんだりしながら作業をした。そんな私を見た父が、柔和に笑った。そして、自ら手で触れ、民間薬であるこの野草の効能を説明してくれた。強烈なこの臭いこそ、十にも及ぶ薬効なのかと、そのとき初めて知った。

それでも手にまとわりつく臭気に耐えきれず、作業の間じゅう顔をそらし続けた。すると、父がつぶやくように言った。

「季節がくると、植物は美しい花をつけて人の心を和ませ、微笑《ほほえ》みを与えてくれる。それに比べて人間は、人に会っても、木で鼻をくくったような人もいる。最近は、『がんせ』もできない人が何と多くなったことか」

当時、がんせのことばさえ知らなかった私は、父のことばを深く受けとめることはなかった。また、敢《あ》えて父に尋ねることもしなかった。

いつしかそのことを忘れ、私は家を離れた。だが、俳句を詠むようになって、次第に野草にも目を開く。すると、十薬の花を見るたびに、父の言った「がんせ」が大きくふくらみ、その意味が気になって仕方がなかった。

何度か広辞苑その他で調べたが、記されてはいなかった。そのころ私は、教会に通い聖書を開くことはあっても、仏典には全く縁のない生活を送っていた。おおよその見当はついたが、もっと正確なことを知りたかった。

父はすでに鬼籍に入っていた。

ところが最近、ある仏典を開いているとき、このことばに出合ったのである。思わず目を凝らし、はやる心を抑えながら読み進んだ。

「がんせ」とは、仏教語で「顔施」と書き、正確には和顔悦色施《わげんえつじきせ》といい、布施のひとつであるという。柔和な顔（和顔）と、よろこびの顔色（悦色）を施すことであり、にこやかな笑顔で人に接するのも、りっぱなお布施であると記されていた。

顔施は、「無財の七施」の一つでもあった。眼施《げんせ》、言辞施《ごんじせ》、身施《しんせ》、心施《しんせ》、牀座施《しょうざせ》、房舎施《ぼうしゃせ》があるという。何てすばらしい教えであろうか。父の言葉がなつかしく思い出された。私は、やっと胸のつかえがとれたような気がした。

お金や物を施すばかりが布施ではなかった。優しい笑顔や思いやりの言葉など、真心や時間を施すのも大切な布施の心であるというのである。無財の七施をしみじみと学ぶ。仏典にはこのように見事な含みを持つ言葉が多く、心が洗われる。

しかし、最近ではあまりこの言葉を耳にしない。実にもったいない気がする。この七つの布施こそ、今日豊かさの中で失ってきた私たちの心だからである。あのとき、父にこのことばの意味をきいていたら、私の人生ももっと豊かに展開していたかもしれない。十薬の花へも、もっと慈しみの眼《め》と心で対することができたかもしれないと、ちょっぴり悔やまれた。

十薬の花は、日陰に咲く花である。湿った所や、あまり人の目につかない場所に咲くことが多い。人にあまり語りかけられることも、やさしい眼差しを向けられることもない。

それでもけなげに微笑む白い花が、いじらしく思えた。これまで故意に目をそらしていたことを、私は大いに恥じた。

大輪の華やかな花とちがって、地味で素朴なこの花は、たくさん生けるより一輪の方が風情がある。

今日は父の祥月命日であった。あたかも父が教えてくれたかのように、柚子《ゆず》の木の下で咲く白い十薬の花と目があったのである。

咲いたばかりの花が初々《うい》しい。父に代わって、語りかけていた。

何げなき父のひと言花十薬

（「月刊ずいひつ」平成五年一月号）

花の季節に

――歌人・上田三四二――

花の季節をむかえると、必ず開く何冊かの本がある。上田三四二氏の著書である。その中でもとりわけ『花に逢う』は、私の大好きな一冊である。四季折々の花への思いを綴った随筆集だが、読むたびに新しい発見がある。

かつて、花の盛りに市の図書館でこの本と目が合った。というより、呼び寄せられたといっていい。そのときの新鮮な驚きは、喉の渇きが癒されるような心地よさで、今でも忘れられない。その一冊に誘われた私は、上田三四二の世界を知りたくて、著書を何冊か読んだ。

氏の見事な筆力に圧倒された。

確信にみちた氏のもの言いは、実に説得力に富み、内容にも深さが感じられた。氏の該博な知識にも目をみはった。氏の筆先からほとばしる言葉は、何の苦もなくそのまま完成された小説や評論になるのではないかとさえ思われた。それも、見事なほど格調の高い文章にである。

歌人上田三四二氏の才能に、ただならぬものを感じた私は、以後、大いに関心を抱くようになった。気がつくと私は、氏に手紙をしたためていた。生まれて初めて書いた作家への書簡であった。

俳句を詠んで久しい。だが、短歌の学びは浅かった。それでも氏の歌を何首か諳《そら》んじている。とりわけ、花を詠んだ歌に魅せられる。自らもガンの疑いの中、病院の帰りに本屋でこの一首に接したときの衝撃は、今も忘れられない。

ちる花はかずかぎりなしことごとく光をひきて谷にゆくかも

吉野の花を詠んだという、氏の秀歌である。実に含みのある歌である。三十一音の奥に息づく氏の思いが、切なく私の胸に重なり哀しみを誘う。

氏は四十代の半ばに、生死にかかわる大患にみまわれておられた。

このいのちまもなく消ゆるということも人のうへのごとく思うときあり

死はそこに抗ひがたく立つゆえに生きている一日一日はいづみ

二首とも、氏の人生観がにじみ出ている。医師でもあった氏は、限られた生命への時間を、誰よりも知っておられるにちがいない。大患当時の歌は、総じて死生観にみち、天上の笛の音をきくような哀しみを伴った。

花の季節が終わるころ、重い小包が届いた。

驚いたことに、それは氏のご著書であった。その一冊一冊にはご署名されていて、私を感動させた。その上「是非遊びにおいで下さい。」との書簡まで添えられていた。思いもよらない氏の優しさと心遣いに、私の心は震えた。

氏は隣市に住んでおられた。

このことを、歌人である知人や友人たちに話すと、

「行きましょう、すぐに。私も一緒に連れて行ってね」

「めったにない機会よ。私なら、すぐに飛んでいくのに」

と私を促し、かまびすしい。だが、私は首を縦にふる気にはなれなかった。

歌人のみならず、評論家、小説家として活躍されている氏の忙しさと、偉大さを知れば知るほど、畏《い》怖心が先に立った。近づくことさえ畏《おそ》れ多かった。それに、ご迷惑をおかけすると思ったからである。

氏は再び大患にみまわれ、闘病生活を余儀なくされておられたからである。

そんな中にもかかわらず、氏からは折に触れ書簡が届いた。その最後には必ず、「お近くゆえ、是非遊びにおこし下さい。」と、いつもと変わらぬ、優しいお言葉が添えられていた。

私のような者にも実に謙虚でいらっしゃった。

　幾度もの生命の危機に直面されつつも、氏は以前にも増してさまざまな分野でご活躍され、新しい作品を次々と発表された。危機さえもばねにされる氏の強靭《じん》な精神力と見事な生き方に、感嘆せずにはいられなかった。

「言葉は透明に光っていなければならない。詩歌の言葉は光である」

　確信をもってそう語られる氏の作品は、ますます研ぎすまされ透明であった。氏にお会いした人の誰もが、「水のように静かに澄んでいて、まわりを優しくする人」と、言う。その穏やかな氏の人間性が、行間にあふれていた。生命の危機にある人とはとても思えなかった。

　新しい作品がでるたびに、読まずにはいられなかった。病の床にありながら、生を輝かし続けられたお姿に、私は生きるということを学んだのである。

　氏の生命の結晶とも言えるそれらの作品は、各ジャンルにおいて高い評価を得られ、数数の賞を受賞される。数えただけでも六つあった。重い病を得ながらも、これだけ多くの賞を受賞された人を、ほかに私は知らない。それほど氏は稀《け》有な詩魂の持ち主であった。

限られた生命は、氏の才能により磨きがかかったのかもしれない。病魔と闘いながら、人の何倍もの生を生きた人の美しさに感動する。かつて、氏のきわだつ詩性と非凡な才能に打たれた私は、受賞を知るたびに、陰ながらよろこびご祝詞をしたためる。

上田氏の飛翔に心を湧かせながら、幾度かの花の季節が過ぎていった。年が明けると、私は今年こそは氏を訪ねてみよう、という不思議な衝動にかられた。

その時季は花の季節に、とひそかに心に決める。花の季節が待たれ、氏の歌を唇にのせ、著書をひらく。

正月から身のこわばるような寒さが続いていた。朝刊を開いた私は、わが目を疑った。氏の訃《ふ》報を知ったからである。昭和天皇崩御の次の日、氏は六十四年の生涯を閉じられたのである。

突然、仰ぎみる大きな山を失ったような気がした。張っていた糸が不意に断ち切られた思いがした。もうお会いできなくなったと思うと、体から力が抜けていった。咄嗟《とっさ》に浮かんだ歌を私は口ずさんでいた。

先の世ものちの世もなき身ひとつとどまるとき花ありけり

心の師を失ってから、八度めの花の季節をむかえた。満開の花の下で今年も私は、氏のご著書をひらく。

「花に逢うとは、季節に逢うことであろう。また人に逢うようすがでもあろう。」

私は、このあとがきを読み終えると、決まって花を見上げる。

今にも氏の声が、聞こえそうな気がするからである。

よきことの予感ありけり花の朝

（「月刊ずいひつ」平成九年二月号）

散歩道

小春日和《びより》の、長閑《のどか》な日が続いていた。

気がつくと家並みを抜け、隣市の雑木林の前まできていた。

林の木々がうっすらと紅葉し、しきりに小鳥がさえずっている。耳をすましながら私は、「野鳥のいないこの世は闇である」と言った、野鳥研究家中村幸男氏のことばを思いだす。

落ち葉がカサカサと鳴った。キジバトが落ち葉をかき分け、のんびりと餌をついばんでいる。声をかけると、くりっとした赤い目を一瞬、こちらに向けた。私が近づいても驚く様子はない。

雑木林を分断するかのように道路が走っている。道端には、コナラやクヌギなどの木の実が数多ころがっていた。ドングリをいくつか拾い手の上にのせると、林の中の冷気が伝わった。

森閑とした林の中に光と影がちらつく。ほの暗い雑木林の中の坂を下ると、桔梗色の空が広がった。胸いっぱいに深呼吸をした。解放された、いい気分であった。

道路の両側はいちめん畑である。

広々とした大地で、白菜や大根がたっぷり秋の陽を吸い、すくすくと育っていた。畑の中を小道が伸びていた。小道を歩くと柔らかい土の感触が、絨毯《じゅうたん》のように心地よい。可憐なお茶の白い花が、ひっそりと咲いていた。顔を近づけ香りをかぐ。人も車も全く通らない、都会とは思えない長閑な風景だ。

歩いていると、次第に体が暖かくなった。長いあいだ錆《さび》ついていた体が解《ほぐ》れていくようだ。ゆったりした気分で歩いていると、オナガ鳥が長い尾羽を揺らせ、甲高い声で頭上をよぎった。

まわりは、昔ながらの民家が点在していた。屋敷にはケヤキの巨木がそびえている。大地に根をおろしたそれは、長い風雪に耐えながらどこまでも伸びていた。力をみなぎらせた巨木の一本一本には、番号札がかけられている。市の保存樹木らしい。

私は腰痛を抱えて久しい。以来、木々や雑草さえもりっぱに見えて仕方がない。気の遠くなるような時間とお金を費やし、あらゆる治療を試みた。それでも治癒には至らなかった。

そんなある日、ようやく気づいた。自分の体を守るのは、薬や機械やお医者さまではなく、自分自身であることを。

一念発起し、歩いてみよう、と私は堰《せき》を切ったように外に出たのだった。幸い少し足を伸ばすと、武蔵野の面影を残したぜいたくな散歩道がたくさんあった。


武蔵野の大地は、初秋から晩秋へと移りつつあった。

歩くのにもようやく慣れ、足にも次第に力が満ちてくるのが感じられた。移りゆく自然の表情と、民家のたたずまいを眺めるゆとりさえ生まれた。何よりも野良猫にあうというひそやかな楽しみが増える。野良猫は三毛のメスで、彼女を私はミーちゃんと名前をつける。

彼女と別れてから、私はその日の散歩コースを決める。天候や体調・時間に合わせて一時間は歩くことにしている。

神社の横を小川が流れている。せせらぎの音が快い。シジュウカラが忙しく水浴びをして飛び立った。時々カルガモが姿を見せる。小川のほとりを上っていくと、前方の葉かげに赤い小さな実を発見した。心がはやる。近づくと、やはりイチイの実であった。郷里の裏庭に古いこの木があった。赤い実をとって遊んだ。子どもたちがよく口に入れていた。私もおずおずと口にふくんだ。意外にも、やさしい甘さに驚いた覚えがある。何の実かは知らなかった。

二十代の初めに俳句を詠むようになって、それはイチイの実であることを知った。なつかしかった。いのちそのもののような透き通った赤い実に見とれた。一粒を、そっとちり紙に包んだ。

腰をかばいながら坂道を上ると、松林があった。私はいつも耳を澄ます。風のある日はなおのこと、胸を高鳴らせる。松がかなでる松籟《しょうらい》を聴くためである。

民家の柿に小鳥が群がっていた。軒先には、大根がすだれのように見事に並んでいる。懐かしい光景に、思わず心が和む。ゆるやかな坂を下る。背中を丸めて山芋を掘る老人に出会った。長いだけに、結構骨の折れる作業らしい。しばらく老人の作業に見入った。

民家の垣根ごしの小道を歩いていると、ムラサキシキブが細い枝に、小さな実をたくさんつけていた。山野の宝石とも呼ばれるこの小さな実は、気品にみちて神々しい。俳句を詠むようになると、ことの外このむらさき色の実に惹《ひ》かれ、私の大好きな季語となる。この実が淡い紫色から深い紫色に変わると、晩秋である。

ケヤキの並木を抜けると、急に視界がひらける。秋の陽がまぶしい。赤いランドセルを背負った女の子が、石地蔵にぴょこんとお辞儀をし合掌して行った。民家の多い土地だけに、信仰が生きている。屋敷には、お稲荷さんを祀《まつ》っている家が多い。

時計を見ると既に一時間が経っていた。

ポケットから木の実をとりだし、そっと掌にのせた。陽に透けたイチイの実が、ルビーのような輝きを放った。ムラサキシキブの実も、深い紫色を増している。自然は、何と気高く美しいものを創《つく》るのだろうか。二つの実は、上等な宝石にも勝る美しさである。自然の創りだした見事な彩りに、私はしばらく見とれていた。

歩いていると、あまたの宝石に出合う。優しい眼差しを向ければ向けるほど、深く大きな自然は、手をかえ品をかえ美しいものを見せ、語りかけてくれる。

今年ほど自然の営みをまぶしく思った年はない。久しく忘れていた自然の恵みに、あらためて感謝の心をあふれさせる。いつの間にか腰の痛みも、心をも癒されていた。

顔をあげると、空があかね色に染まっていた。夕焼けの中を少女が柴犬と共に、長い髪をゆらせながら走っていった。

一位の実ふふめば遠き日のかへる

（「月刊ずいひつ」平成九年八月号）

心の花園に一輪の花
――人としても美しく――

二月の終わりに、母を見送った。百歳まで四年を残しての旅立ちであった。最期は意識が混濁し、目を開けることはなかった。

そんな折母を見舞うと、年輩の看護婦さんが、「こんな状態の中でも、必ずありがとう、と言ってくださるんですよ。おうちでもきっと、そのような生活をなさってきた人なんですね」と、笑顔で言われた。

父亡きあと、母は九十歳まで一人暮らしを余儀なくされた。だが、まわりの心配をよそに、「自分の時間が持てて、毎日天国のよう」と、晴耕雨読の生活に目を細めていた。とはいっても、高齢の一人暮らしには限界があり、老人ホームに入る手続きがなされた。

しかし入居が近づくにつれ、柔和な母の顔が曇りがちになり、悲しみを募らせるようになった。思案にくれていると、ぜひ世話をさせてほしい、と義姉が言う。以後、別棟に住む義姉の献身的な世話が続いた。

新しい喜びの日々を授かった母は、義姉の大いなる存在に頭を垂れ、死の訪れるその時まで、まわりの人たちに感謝をしながら九十六年の生を閉じたのである。

和裁教師への道を捨て、十九歳で大家族に嫁いだ母の生涯は、一見穏やかに見えたが、決して平坦《たん》なものではなかった。自分の子どもと、幼くして両親を失った私の従兄弟《いとこ》たち八人の子育てに追われた。母は、「どの子も平等に、慈しみと全幅の愛をもって育てた」と語っていた。それは母のささやかな誇りでもあった。

子どもたちの世話だけでも大変なのに、早朝から使用人の先頭に立ち、父の分も働いた。夜は呉服屋から依頼された式服を縫い、高齢で体の不自由な祖父母の世話を黙々とした。尽きることのない仕事の山を、身を粉にして働く母を見ながら、いつ寝るのかと子どもも心にも心配でならなかった。

嫁ぐまで、母は笑い声の絶えない家で大事に育てられたという。だが、小柄な体に似合わず気丈だった。どんな苦境にあっても逞しく、しなやかに生き抜いた。それでいて温和で慎み深く、周囲に安心感を与えた。

物心つくころから、母が声を荒げる姿を一度も見たことがない。人と人との関係を常に大切にし、人を照らすのが上手《うま》かった。とりわけ家で働く人たちを家族以上に慈しんだ。子どもたちが当然のように用を言いつけようとすると、私たちのためにいるのではないことを、母は静かに諭した。そんな母を、年季が明けてもよく慕ってきた。

母が大家族から開放され、ようやく自分の時間が持てるようになったのは、八十歳であった。しかし一人になると、次々と近隣の人たちが訪ねてきた。体を休めにくる若いお嫁さん、嫁や姑の不満を訴えにくる人、お腹《なか》がすくとやってくる人、お金がないと泣きついてくる人など、それはまるでよろず相談所のようであった。

時おり私が帰郷しても、それらの人たちが早朝から我がもの顔で居座り、母とはろくに会話を交わす時間さえなかった。見かねた私は、

「人のことも大事だが、もう少し自分の体をいたわってほしい」

と、高齢の母を気遣って言った。すると母は、

「こんな年寄りを相手にしてくれる人たちがいるだけでも、とてもありがたいと思っているのよ。本当は、自分こそ逆に感謝しなければならないほどよ」

と、清々しい顔で一笑に付した。

そして、人は決して一人で生きているのではないこと。自分がこうして命を永らえさせていられるのは、そうした人たちのご恩の中で生かされているおかげであると、晴れやかな声でゆっくりと言葉を継ぐのだった。濁った眼と貧しい心を、私は恥じた。

足るを知る母の生活は、実に質素であった。物を慈しみ、くるくると体を動かした。二軒の母屋とさまざまな建物の管理に追われながらも野菜や花を育て、子どもたちに届けた。

朝日に頭を垂れ、生きとし生けるものへの感謝と畏《い》敬の念をいつも忘れなかった。

そんな母は、天の計らいなのか、死ぬまで病気とは全く無縁の人だった。高齢になるにつれ、雨の日の静けさを好み、テーブルの上には、日記帳や子どもたちが使った教科書や古典の本などが開かれていた。

和裁以外、際立つ才能もない母であった。だが、母に会うと、はっとさせられた。九十数年の年輪の刻まれた背中には、明治の女性の気骨と、現代人の私たちが失った慎しみや恥じらいの心が秘められていた。一人になっても決して、立ち居振る舞いさえ崩すことはなかった。明治の女性らしく、常に自らを律し厳しかった。だが、他人や子どもたちには、何一つ強いたりはしなかった。おそらく母は、自らの姿こそ無言の教育であり、薫陶であると信じて疑わなかったのであろう。

今日の私たちは、あふれる豊かさの中にいる。しかし、人の心まで豊かになったとは言いがたい。母はよく、

「心の花園は蒔《ま》いたとおりの種子しか花をつけないが、どんな花であれ、心を耕し一輪の花を咲かせている人は心も美しいものだ。そんな人に会うと、こちらの心まで美しく豊か

になる」

と、私に語った。その思いを子どもたちに伝えるために、心をいっぱいにして自らの生涯をもって、実践し続けたのである。

健康に恵まれ一瞬一瞬を人としても美しく生きた母は、大往生であった。私は思わず棺の中の母に、「お疲れさま!」とつぶやいていた。九十六年を生き切った母の顔は安らぎにみち、いつもと変わらぬ穏やかな微笑を浮かべていた。

「蓮華院釈尼妙光」の気高く美しいハスの花の法名《みょう》がよく似合った。

生前母は、「私の葬儀の日は、きっと雪になるだろう」と、よく口にしていた。母のことばどおり、儀式が近づくと、晴れていた空から雪が舞いはじめた。外はたちまち満目の雪に覆われ、浄められた。まばゆいばかりの雪明かりの中を、母を乗せた車がゆっくりと走りだした。長い間愛した風景をあとに――。

それは、人を慈しみ、人としても美しく生きた母の、浄土へ向かう旅立ちにふさわしい光景であった。

口紅《べに》させば雪の柩《ひつぎ》の母微笑

（「月刊ずいひつ」平成十一年九月号）

若き童謡詩人・金子みすゞ

八月の初め、都内のデパートで『金子みすゞの世界展』に足を運ぶ。あふれる人の波は、みすゞファンがいかに多いかを物語っていた。大勢の子どもたちの姿が目をひく。教科書にも採用されているという。

金子みすゞは、大正後期の童謡界で将来を嘱望されながら、二十六年の短い生涯を終えた女性詩人である。会場には遺稿となった三冊の直筆の手帳、書簡、遺品の着物、写真などが展示され、恩師のテープが流れていた。

みすゞの甦《よみがえ》りは、「ことばの甦りでもある」と言われるように、どの作品もきわめて平易である。だが、その中には計り知れない深さがある。無垢《く》なる魂が紡ぎだした、伸びやかで優しさにみちた詩は、清潔で透明感があり、私たちの心をゆり動かさずにはおかないものがある。みすゞの人を包み込むような、温もりの中に見えかくれする鋭い感性と洞察力は、天性のものにちがいない。そんな才能をいち早く見抜いた人がいた。西条八十氏であった。みすゞが投稿していた雑誌の選者だった氏は、「若き童謡詩人の巨星」と称し、熱い眼差しを送り続けた。

金子みすゞは、明治三十六年、山口県の仙崎に生まれた。豊かな自然と海に面した漁師の町で育つ。作品には海や魚、植物などの童謡が多い。しかし、みすゞ文学は次第に広く大きな宇宙界にまでおよび、いのちや心のことなど目には見えないものへと、深い眼差しが注がれていった。

詩人の心と、科学の目を併せ持ったみすゞ文学を、学者たちは「みすゞコスモス（宇宙）」と呼ぶようになる。

時間がたつと輝きの失われる作品の多い中、物の本質を見抜いてやまないみすゞの作品は、七十年たった今なお新鮮である。私たちの心の芯《しん》に訴えるものがあるからだ。世代を越えたみすゞブームは、ここにあるのではないだろうか。

矢崎節夫は言う。「みすゞの作品を読むことは、芸術を通して宗教や科学を含む、あらゆるものと向き合うことと同じである」と。それほどみすゞ文学には、生あるものへの慈しみにみちた優しい眼差しが、あふれてやまない。そのみずみずしい感性と優しさはまた、みすゞの詩の魅力となって、私たちの心をも魅了するのである。

私は詩をよく読む。生命の讃歌があふれた詩には、生きる力を与えられ、優しい気持ちにさせられる。また、凝縮された上質のことばにも魅了される。かつて、よく詩を書いた。青春時代はなおのことである。学校新聞が私の発表の場であった。

あるとき、「金子みすゞ」の甦りを新聞で知った。没後半世紀たって、児童文学者、矢崎節夫氏によってようやく光があてられたのだった。再び私の心の中で、くすぶり続けていたものが動きだした。そんな折、知人から勉強会で使用したという、資料をいただいた。開くと、みすゞの詩であった。たちまち、みずみずしい伸びやかな言葉に魅せられる。無垢なる魂の美しさに心が洗われた。衿を正さずにはいられなかった。やがて、『みすゞの世界展』が開かれるのを知った。

いくつかの不思議な縁に導かれ、私ははやる心を抑えながら世界展へと足を運んだ。みすゞの大きな写真を目にしたとたん、なつかしい方に再会したような感慨に包まれた。だが、会場の終わりに近づくと、思わず胸がつまった。「巨星」とまで言われ、光り輝いた若き天才詩人の生涯は、決して平坦なものではなかったからである。

みすゞは幼いころ父親を失う。二十二歳で結婚はしたものの、夫は何かと抑圧した。投稿さえも許されず、創作を絶つことを余儀なくされた。離婚しても慈しみ育てた愛児を、夫の元に渡さなければならなかった。

その前夜、みすゞは愛児を母に託し、二十六年の短い生涯を閉じたのである。

それは、あまりにも痛ましく切なかった。存命なら九十六歳である。私は見送ったばかりの母の姿を重ねていた。みすゞと母は九か月しか年がちがわなかった。母はみすゞの四倍近い人生を生きた。とはいえ、当時の女性の多くがそうであったように、その道のりの険しさを静かに語ることがあった。

男性中心の当時の社会は、あまりにも女性への抑圧が強く、人間的な環境に乏しかった。ドラマのおしんのように、苦労と我慢の悲惨な生涯を送った女性は決して少なくない。社会の片隅で、ささやかな人生を生きた人でさえそうである。ましてや、みすゞのように純粋で才能ある女性が生きるには、なおのこと厳しかったであろう。若き天才詩人の悲哀にみちた死の問いかける意味は、今なお小さくないように思う。

みすゞの詩に魅せられてからは、楽しいとき、心が萎えたときなど、折に触れ詩集を繰る。時には口ずさむ。秋空のように澄んだみすゞの詩は、花や音楽のように私の心を潤し、ふっくらと優しく幸せに満ちたものにしてくれるからである。心のふるさとのように。

時代の犠牲者となった、若き童謡詩人の才能が惜しまれてならない。

実万両女性の職業ほしいまま

（「月刊ずいひつ」平成十二年四月号）

郷愁

ガーデニングがブームらしい。猫の額ほどのわが家も、ブーム以前から所狭しとさまざまな植物が並ぶ。最近は庭だけでは足りず、塀まで利用して楽しんでいる。手入れには多少時間を要するが、小さな植物たちが花や実をつけ生長する姿を、間近に見られるのは実に心が弾む。とりわけ手塩にかけた花や野菜を、食卓にのせる時の幸福な気分は、何とも言いようがない。

かつてはそれらを、種から育てていた。しかし、ガーデニングブームのおかげで、最近はさまざまな苗が売られるようになり、私も大いに利用させてもらっている。科学技術や農業技術の進歩で、四季を通して楽しめる花が多くなった。初夏から秋の終わりまで次々と花を楽しませてくれるサフィニアとペチニア。秋から次の初夏のころまで花をつけるパンジーやビオラ。それらは今や、わが家のガーデニングには欠かせない花となって久しい。

それらの花は年々彩りも豊かになり、寒さや暑さ、害虫にも強い。昔はなかったサフィニアの花などは、種苗会社ではなく酒造メーカーの手によって開発されたというから、驚く。

珍しいもの、美しいものを追求しようとする人間の知恵は、園芸の世界でも例外ではないようだ。とりわけ最近のバイオの技術には、ことのほか目を見張らされる。

私は特別に園芸に強い関心を持ってきた、というわけではなかった。気がつくと、いつの間にかそうなっていたにすぎない。

しかし、ガーデニングブームのおかげで、手軽にさまざまな苗を手に入れることができるようになり、ついあれもこれもと欲ばっては家族のひんしゅくを買っている。次第に野菜の苗をも育てるようになったからだ。

昨年の秋、思わずブロッコリーの苗を四本買ってしまった。散歩の折、畑ですくすく育っていく姿を見て、どうしても自分の手で育ててみたくなったのである。しかし買ってはみたものの、庭にはそんな場所がない。思案の末、プランターで育てることにした。

プランターのそれは、いかにもきゅうくつそうで、いっこうに花芽をつける様子がない。

日照不足だろうと、二階のベランダに移してみた。やがて、やっと葉を茂らせたものの、畑のそれとは似ても似つかない貧弱さであった。

久しぶりに東京は大雪に見まわれた。

次の朝、ベランダをのぞいて息を飲んだ。それは見るも無惨な姿に変わっていたからだ。貧弱ながらも葉を茂らせたブロッコリーの葉は、丸坊主になり茎だけとなっていた。どうやら、野鳥の仕業らしい。雪で餌のとれない野鳥たちにとって、それは格好の餌だったのだろう。

しばらく丸坊主のブロッコリーを眺めながら、今日こそは処分しようと思った。しかし気の毒になり、そのままにして様子をみることにした。何日か家をあけた。帰ってみると、丸坊主の間から何と、小指の先ぐらいの緑色の塊が出ているではないか。

思わず雀《こ》躍りして肥料を施す。やがて、ぐんぐん花芽がふくらみ、二月の終わりごろになると、目を見張るばかりの塊となる。

三月の初め、私はボールいっぱいのブロッコリーを収穫した。少しいびつではあったが、大きな緑色の塊がまぶしかった。生まれて初めて自らの手で育てた野菜だった。もったいなくて、なかなか口に入れられない。が、思いきって、小さな塊をゆっくりと口に入れた。すると、口の中にほのかな甘みがひろがった。緑色のいのちの力が、体の隅々まで運ばれていく気がした。

この小さな苗は思わぬ喜びを与えてくれた。花を育てるのとは異なった感動があった。収穫の喜びはもちろんだが、口に運ぶとき自然に感謝の心が湧く。プランター園芸も捨てたものではない。

味をしめた私は、ミニトマト、芽キャベツ、ニガウリなどを育て、収穫の喜びを味わっている。

初めのころは失敗も多かった。手をかければかけるほど沢山《たくさん》の花や実をつけると思い込み、水や肥料を与えすぎてしまったからである。土の心を無視し、連作を重ねたりもした。花も野菜も生きものである。子育て同様、育てる人間の心を敏感に感じとるようだ。今では、花や植物から教わることが多い。

昔の人は、花や木を暮らしの中に実に上手にとり入れていたような気がする。だが都会の暮らしは、年々土の香りも緑も失われ、植物の名前も知らないまま大人になる子の何と多いことか。そのうえ、知育偏重の今日の教育を思う時、子どもたちの精神的なバランスが崩れはしないかと、気になって仕方がない。

現に教育現場の話題は、尽きることはない。不登校の子どもたちが十万人を超え、学級崩壊やいじめ、非行など子どもたちの悲劇は年々増加するばかりである。

土に触れ植物を育てる作業は、動物を飼うのと同じように、人間の心をふくよかにしてやまない。育てる喜びを体で実感できるからである。このいのちを育むよろこびを、子どもたちにぜひ体験させてやりたいと思う。

花や野菜を育てるようになって、最近、私はおもしろいことに気づいた。土の感触こそ、私の限りない郷愁でもあった、と今にして気づかされたのである。

郷の陽を真っ赤に浴びしトマト着く

（「いろり火」平成十一年一月）

文理融合

年々受験生の、理系離れが進んでいるという。「文系は明るくひま、理系は暗くて忙しい」。そんな調査結果を以前どこかで読んだ覚えがある。

理系は、数学をはじめ物理や化学などの受験科目が多い。そのうえ、大学に入ってからも厳しい勉強を強いられる。若者が敬遠するのも無理はない。

そのような若者の理系離れを防ぐため、最近、理工系の学者たちが、「科学教室」や「出前講演」なるものをはじめた。中学生や高校生に、科学のおもしろさを知ってもらうのがねらいであるという。

理科や数学ほど、教え方によっては好きにも嫌いにもなる科目はない。科学や数学のおもしろさを、十分子どもたちに伝えることのできなかった教師側にも、責任がないとは言えないような気がする。

高校時代、私にとって理科の授業ほどつまらない科目はなかったからである。それは、教師がただ教科書を読むにすぎなかったからだ。実験もなければ、教科書の解説も何もなかった。教師が一方的に、国語の教科書を読むように、化学や物理のそれらを読むのをただきいているにすぎなかった。

これではわざわざ学校に行って教わる意味がないではないか、と思ったほどだった。好奇心旺盛だった少女の私もこの授業にはがっかりし、それ以来すっかり理科への興味を失ってしまった。

一流の学者たちによる「科学教室」は、さぞ楽しいものであろう。そう思うと、もう一度勉強しなおしたいという思いがふくらんだ。

しかし、理系離れに対する努力もよいが、従来のままの大学教育にも問題が少なくないのではないか、と思っている。国際社会の今日、一つの学問を超えたものが求められつつあるにもかかわらず、日本の大学教育は従来のままの所がほとんどだからである。

国際社会の二十一世紀は、より情報社会となり、文系理系を問わず、国際的視野と柔軟な思考力、判断力、発想力などが求められるはずである。文系の人といえどもコンピューターなどの知識や技術が要求されよう。理系の人も、語学や経済学の知識を求められるだろう。

新しい時代に対応できる人材を育てるためにも、従来の教育の仕組みを今こそ変えるべきではないだろうか。従来の文系、理系と分けた学問だけではなく、両方融合した幅広い学問もまた、あってもよいのでは、と考えている。

欧米の大学では、一九九〇年代から、マサチューセッツ工科大学などで、既に文理融合型の教育が行われているという。しかし、日本では文系、理系の相互の交流がほとんどないのが現状のようだ。私たちの社会は、文系理系とはっきりと分かれた生活をしているわけではない。それぞれ、さまざまな学問が、総合的に関わりつつ営まれている。

大学生の息子は、高校まで理系を選択してきた。探究心と好奇心の旺盛な子だった。物心がつくと、科学の不思議に興味を示し、とりわけ受話器から声がきこえるのを、とても不思議がった。二歳のころ、私の留守中、受話器をバラバラに分解し驚かせた。カメラも同じであった。おもちゃの代わりにあき箱とセロテープと、はさみさえ与えておけば機嫌がよく、さまざまな物づくりに熱中する子であった。

そんな息子が入学した学部は、文系とも理系ともつかない不思議な学部であった。カリキュラムを見ると、国際化時代に不可欠な言語教育と、情報化社会に必要なコンピューター教育が徹底して行われていた。それらを習熟したところで、専門科目を選択するのであるが、文系、理系のような二学部の中でどの科目を選択しても自由であった。それはまさに両方融合したような、実にユニークなものであった。この不思議な学部を、息子は喜んで納得し、学んでいる。

「学生は未来からの留学生である。これからは文系もリコウにならなければならない」学部長の加藤寛氏は、口ぐせのようにおっしゃり、ユニークなこの学部の学生たちに熱い眼差しを送り続けておられる。

しかし、このようなユニークな教育を行っている大学は例外であった。時代はこれほど激変し、国際化しているにもかかわらずにである。

日本の大学は、これから冬の時代に入るといわれている。十八歳人口の急減により、経営が危ぶまれかねないという。もし、文理融合型の総合的な教育が可能になれば、それぞれの偏見もなくなり、受験生の選択の幅もよりひろがるはずである。

今、社会が大学に何を期待しているか、大学側は真剣に考え、二十一世紀にふさわしい魅力ある大学づくりを、と思わずにはいられない。

新学期子の教科書をもらひけり

（「いろり火」平成七年一月）

庭の珍客

庭に二本の梅の木がある。白梅が散るころ、紅梅が咲きはじめる。くれない色をしたこの花がほころぶと、寒々とした庭が急に華やぎ、日々の生活にも彩りを増す。庭に小さな客が頻繁に訪れるようになるからである。

小鳥好きのわが家では、冬場だけ庭に餌をおくようになって久しい。餌台には飼っているインコの餌を、木々には牛脂や果物などをつるす。小さな客たちは、先を争って毎日餌に群がる。

目と鼻の先で小さな客を、冬の間じゅう窓越しに眺める。彼らの愛くるしい動作を見ていると心が和み、やめられない。

彼らにも人間同様、それぞれ個性があった。スズメは、すぐに物音や人に怯え、小心で落ち着きがない。黒い頭に白い頰をし、胸にネクタイをしたシジュウカラは、必ずつがいでやってくる。ネクタイの太い方がオスである。脂身が好物らしい。

時にはキジ鳩やツグミもくる。彼らは総じて、おとなしく行儀がよい。無作法で行儀が悪いのが、ヒヨドリである。餌を独り占めしないと気がすまない。先客がいようものなら、金切り声でわめきたて、追い払ってしまう。咲いた紅梅をはしからむしりとる。体が大きく、見るからに怖い顔をしている。わが家ではカラス同様歓迎されない客でもある。ほかにオナガやムクドリ、メジロやウグイスなどの珍客がやってくる。

居《い》ながらにしてこのバードウォッチングは、実にぜいたくで、発見が尽きない。

その日も、梅あかりの窓辺で本を読んでいると、スズメが賑々しく餌台に群がっていた。彼らの騒ぎがおさまって間もなくであった。餌台のそばの紅梅の木に、黄緑色をしたひときわ目だつ小鳥が止まった。

はじめて見る珍客だった。

彼は私の姿には気づかず、花から花へと移っていた。花をのぞき込むような仕草で、無心にくちばしを花に差しこんでいた。どうやら、花の蜜を吸っているらしい。

やわらかい春の光の中で、美しい黄緑色の羽がまぶしく光っていた。

「なんて美しい小鳥だろう。ウグイスにちがいない」

歓喜しながら私はつぶやく。うぐいす色の羽とくれない色の花が見事に調和し、それは、「梅にウグイス」の一幅の絵を思わせる、名状しがたい美しい光景だった。

ウグイスを初めて間近に見ることのできた喜びで、一日じゅう私の心は湧いていた。それ以来、私はこの珍客を待つようになった。


その年は雪の多い年だった。紅梅の花に積もった雪景色は、普段とは別の趣があった。だが、野鳥《や》たちにとっては、決して好ましい状況ではなかった。餌がますますとれなくなるからである。

家族で彼らを案じながら、そんな日はたっぷりと餌をおく。待っていたかのように次々と彼らは訪れた。窓越しの私の姿に、餌台に群がっていたスズメが、あわてて一斉に飛び去った。

しかし、まだ悠然と餌をついばんでいる一羽の小鳥がいた。彼は仲間の逃げる意味が理解できないらしい。私の姿にもいっこうに物おじせず、一心に餌をついばんでいた。警戒心がないところをみると、あまり怖い思いをしたことがないのだろう。

色も姿も、スズメによく似ていた。遠目には全く見分けがつかないほどである。だが、よく観察すると、スズメほど茶褐色をしていなかった。目のすぐ上に眉のような白い線がはっきりとあった。はやる心で野鳥の図鑑を繰る。

一瞬、わが目を私は疑った。眉斑が特徴だというこの珍客こそが、「ウグイス」だったからである。

「いつか見たあの美しいうぐいす色をした小鳥は……」

胸が騒ぐ。再び私は図鑑を繰り、目を丸くした。私がウグイスと思いこんでいた珍客は、実は「メジロ」に外ならなかったからである。確かにその名のとおり、目のまわりが白かった。

それまで私は、ウグイスとメジロを混同していたのである。しばらく、私はぼう然としていた。美しい音色でさえずるウグイスが、形も色もスズメに似た鳥とは、だれが想像できようか。かつて本や絵で見た「梅にウグイス」の絵さえ、鮮やかなうぐいす色で描かれていたではなかったか。本物を見たことのなかった私は、長い間そう思いこんできたのだった。

それにしても、ウグイスほど実物の姿や色を知られていない鳥はない。周囲の人のほとんどが、うぐいす色だと答えた。実際、梅の花には、うぐいす色をしたメジロがよく似合った。梅の花の蜜を吸いにくるのも、メジロの方であった。ウグイスが梅の花の蜜を吸っている姿を一度も私は見たことがない。

ではなぜ「梅にウグイス」と言われるのだろうか。それは、梅の花の咲くころに、ウグイスの初音がきかれるからだという。

以前にも増して彼らを見比べているうちに、ウグイスの飛び立ち方を発見した。彼は他の野鳥のように、パッとは決して飛び立たなかった。逃げる時は枝から枝へと移り、身をかくすのだった。彼らには喜びの美しいさえずりだけではなく、仲間を呼びあう合図や、逃げる合図がちゃんとあった。

庭をくれない色に染め、心を和ませてくれた紅梅の花も、散りつつあった。紅梅は、白梅の気品と香りには及ばないけれど、花の寿命が長い。「紅千鳥」というこの一重の花は、チドリの飛ぶ姿を思わせ可憐で見飽きない。それだけに花の散るのが惜しまれた。

そのうえ、庭の小さな客ともそろそろ別れなければならなかった。無性にさびしさがつのった。そんな思いで机に向かっていた時である。突然、珍客の美しいさえずりを耳にした。

思わず窓辺にかけ寄ったが、姿はどこにもなかった。

窓の外は、青い空がどこまでも広がっていた。雨上がりのやわらかい日差しが快い。あきらめかけて机にもどろうとした時である。珍客がひときわ高くさえずった。

力いっぱいのさえずりと、澄んだみずみずしい初音は、いかにも春の歓喜にみちあふれていた。思いがけない至福を、家族の帰りを待って告げた。

「餌のお返しに、きっとサービスしてくれたんだね」

小鳥の大好きな中学生の息子が、自分のことのように目元をゆるませて言った。そのことばが、私の心をもくれない色に染める。

言祝《ことほ》ぎの便り届きて初うぐひす

（「月刊ずいひつ」平成四年二月号）

あとがき

「人類の大きなよろこびの一つは、ことばを持ち、読み書きのすべを伝授されたことにある」と、言われます。読書の大好きな私でも、ことばを紡ぐ作業は、本を読むのとは異なり、亀のごとき遅々とした歩みでした。

二十代の初めより俳句を詠んでまいりましたが、十七音の一行詩に包みきれない感動を、したためるようになったのが、ことばと関わるはじまりです。しかし、お読みくださいます皆さまのお心の糧には、ほど遠い拙い作品ばかりです。

そんな作品にもかかわらず、出版に際しましては、日本随筆家協会の編集長・神尾久義先生をはじめ諸先生方が、お忙しい中、お心を尽くしてくださいました。深くお礼を申し上げます。

これまで温かい眼差しで、私をお励ましくださいましたご先輩やお仲間の皆さま、そして貴重なるお時間を費やし、拙い本をお読みくださいました心優しい皆さま方に、心からの感謝を捧げたいと思います。

二〇〇一年一月

山内美恵子

【著者紹介】

山内　美恵子（やまうち・みえこ）

１９４０年福島県生まれ。

１９６０年度郡山女子大学短期大学部卒業。

２０００年「誕生日の贈り物」で第42回「日本随筆家協会賞」受賞。

著書に随筆集『優しい眼差し』『慈しまれるいのち』『いのちへの愛の眼差し』、共著に『心に響いたことば』『思い出のアルバム』『愛のかたち』『愛の花束』（以上、日本随筆家協会）、現代詩歌集『薄浅葱色』『鏡花水月』『うつろひ』（以上、美研インターナショナル）。

俳誌「森の座（旧・萬緑）」会員。

東京都東村山市在住。

心の花園に一輪の花
—人としても美しく—

2023年3月10日発行

著　者　山内美恵子
発行者　向田翔一

発行所　株式会社22世紀アート
〒103-0007
東京都中央区日本橋浜町3-23-1-5F
電話　03-5941-9774
Email: info@22art.net　ホームページ：www.22art.net

発売元　株式会社日興企画
〒104-0032
東京都中央区八丁堀4-11-10 第2SSビル 6F
電話　03-6262-8127
Email: support@nikko-kikaku.com
ホームページ：https://nikko-kikaku.com/

印刷
製本　株式会社PUBFUN

ISBN：978-4-88877-157-3